그냥 그때의 이야기

그냥 그때의 이야기

초판 인쇄 2025년 5월 20일
초판 발행 2025년 5월 30일

지은이 | 김인미
펴낸이 | 신학태
펴낸곳 | 도서출판 온샘

주　소 | 서울시 용산구 한강대로 62다길 30, 트라이곤 204호
전　화 | 02-6338-1608
팩　스 | 02-6455-1601
이메일 | book1608@naver.com

ISBN 979-11-92062-50-1　　03810
값 15,000원

그냥 그때의 이야기

김인미 지음

도서출판 은샘

차례

머리말 · 9

우리 집 골목길 · 13

학교 가는 길 · 15

우리 동네 · 21

요안나와 딸막이 · 27

담배껌과 일기 · 38

피아노와 하모니카 · 46

의사와 대통령 · 57

꽃밭과 정원 · 66

심봉사와 피노키오 · 77

세수 안 한 이모와 서울 가기 · 85

낙타의 눈썹과 풍뎅이 · 95

쑥에 불 붙이듯 · 99

사생대회와 백일장 · 104

아름다울 '미'와 토스트 · 117

트위스트와 똥장군 ····· 129

도파니 벌과 음치 ····· 135

딸기쨈과 유자차 ····· 141

4학년으로 올라갈 때 ····· 146

귀 빠진 날과 외갓집 ····· 148

더위 나기와 홍시감 ····· 154

탄일종과 새해 ····· 163

바둑이와 개차반 ····· 169

헤어짐: 우리는 만날 때에 떠날 것을
염려하는 것과 같이 떠날 때에
다시 만날 것을 믿읍니다 ····· 175

콩쿠르와 할머니의 아름다움 ····· 185

맺음말 ····· 193

주석 ····· 196

트위스트와 똥장군 ……… 129

도파니 벌과 음치 ……… 135

딸기쨈과 유자차 ……… 141

4학년으로 올라갈 때 ……… 146

귀 빠진 날과 외갓집 ……… 148

더위 나기와 홍시감 ……… 154

탄일종과 새해 ……… 163

바둑이와 개차반 ……… 169

헤어짐: 우리는 만날 때에 떠날 것을
염려하는 것과 같이 떠날 때에
다시 만날 것을 믿습니다 ……… 175

콩쿠르와 할머니의 아름다움 ……… 185

맺음말 ……… 193

주석 ……… 196

지금도 우리 마음속에 살아계신 부모님을 생각하며…

지금도 고요히 살아나오는 그때의 정
엄마 따라 바닷가에서
빡샥꾸리, 꼬마와 순덕이

머리말

우연히 국민학교[1] 3학년 때 일기장을 뒤적이며 특별한 의도 없이 몇 자 적기 시작했을 때, 곧바로 느낀 것은 모든 것이 풍요로웠던 어린 시절이었다는 것이었다.

그때 우리나라는 가난한 나라로 취급당하였지만, 나에게는 부모님의 넘쳐흘렀던 사랑, 항상 옳은 길로 이끌어주시던 선생님들, 싸우면서도 늘 기댈 수 있었던 형제자매들과 한없이 그리운 친구들이 그 시절의 나를 평화롭고 안정된 곳으로 정착시켜준 닻이었다. 거기서 시작하여 지금도 다섯 감각으로 느낄 수 있는 우리 삶의 소리, 냄새, 입에 와닿는 맛 등 풍요로웠던 그때의 이야기가 기억의 깊이와 폭에 따라 되살아난 것이다.

나의 일기장과 아버지께서 유치원 때부터 대학을 졸업할 때까지의 모든 기록을 정성스럽게 모아 만들어주신 책 가운데에서 국민학교 3학년부터 6학년 초까지의 학력부 부분을 들여다보았다. 그러다가 문득 "아, 우리는 이렇게 살았었구나"라는 생각에 한편으로는 이와 같은 옛적 삶에 공감할 사람들도 적지 않을 것이라

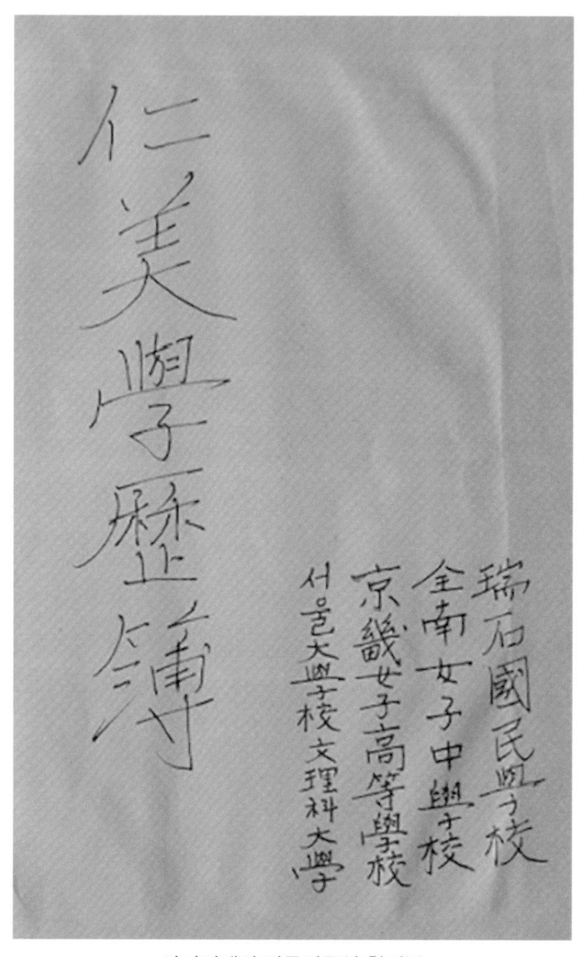

아버지께서 만들어주신 학력부

는 확신이 생겼다. 그리하여 무모하게 하나의 책으로 꾸며볼 용기를 얻었다.

시간, 특히 지나간 시간에 대하여 문학이나 음악에서는 아쉽지만 다시는 되돌릴 수 없다는 점에서 부정적인 것으로 많이 묘사되고 있는 듯하다. 성 어거스틴은 "시간이 어디서 오는 것인가?"라는 물음에 "시간은 아직 존재하지 않은 미래에서 지속성이 없는 현재를 거쳐 이미 사라지고 없어진 과거로 들어가는 것"이라 답했다고 한다. 그런데 나는 '그때의 이야기'가 지금도 있고, 지금도 모든 감각을 통해 몸에 와닿는 듯하다. 헨델의 오라토리오 '시간과 진실의 승리'에서는 "인간이 시간이 잠자고 있다고 생각하는 사이에, 시간은 재빨리 앞으로 나아가 아름다운 것을 망가트리는 재주가 있어 늘 승리하는 것"이라고 했다. 나의 기억에 생생한 우리 그때의 시간들은 영원히 아름다운 것이므로 시간이 그렇게 쉽게 파괴할 수 없는 것이라 믿고 싶다.

개인의 기억이란 지극히 주관적이어서 과거를 완벽하게 재생시킬 수는 없을 것이다. 지금도 또렷이 기억하는 사람들도, 아니면 어렴풋이 이제는 기억할 수 없는 이름들, 모두를 새로운 이름을 만들어 적어 넣었다. 그때의 일들을 정확하게 기억해내는 것보다도, 어릴 때 느꼈던 분위기나 기분을 더 살리고 싶은 것이 나의 뜻이었다.

지금은 많이 쓰지 않는 표현도 나의 어린 시절 그때 썼던 대로 그대로 적어냈다. 그때의 이야기이므로 달리 고치지 않고 우리가 썼던 그대로 적었던 것이다. 우리집에서 흔히 듣고 쓰던 전라도, 경상도 사투리는 물론이고, 널리 퍼졌던 외국말이나 외국말이 변질된 표현들도 우리가 쓰던 그대로 적어냈다. 외국어에서 유래한 단어들의 발음은 그후 바뀐 경우도 있어 좀 거슬리게 들릴 수도 있겠으나 그때 내가 들은 대로 그대로 표현하고 싶었다. 다만 표준어가 아닌 경우나 표준어지만 현재는 드물게 쓰는 단어에는 주(註)를 달아 오기(誤記)가 아닌 것을 확실히 하고자 했다. 오래되어 누리끼리한 사진들, 귀퉁이가 찢어진 사진들, 이제는 희미하게 변한 사진들도 손대지 않고 그대로 집어 넣은 것도 이런 이유에서였다.

그 당시에 익숙했던 배우들, 가수들, 노래들, 즐겨먹었던 과자들, 지금은 보기 드문 놀이들도 그냥 그때의 이야깃거리로 등장했다. 갤럭시 스마트폰, 케이팝뿐만 아니라 새 문화에 접할 기회가 많은 젊은 세대에는 낯설고, 지금과는 동떨어진 세계라고 느껴질 수도 있겠으나, 그때 그것이 우리의 삶이었다. 그 시절의 추억이 주는 푸근함, 따뜻함을 나누어보고자 하는 것이 나의 작은 소망이다.

우리 집 골목길

당산나무 터 가는 길의 도랑 옆 노오란 개나리꽃이 이파리가 나올 짬도 안주고 성급하게 봄을 알리듯이, 우리 집 담장을 욕심쟁이처럼 한 치도 안 남기고 '훌-훌-' 둘러싼 찔레꽃이 조심스럽게 몽우리를 밀어내기 시작하면 초여름이 우리 동네에도 왔다는 신호였다. 얄포름한[2] 분홍색 꽃은 하나씩 보면 하얀색에 살짝 분홍 끼가 흘러간 듯 조용하고 겸손해 보이지만, 여름이 깊어지면서는 그냥 지나칠 수 없는 연분홍의 잔치에는 꿀벌도, 호랑나비도, 잠자리도, 모두들 바삐 장터에 가는 아낙네들처럼 찔레꽃 넝쿨로 모여들었다. 골목 맨 뒤쪽 양철집네 뒤뜰 담장 위로 삐쭉삐쭉 내밀고 올라온 색색의 접시꽃도 한몫 했지만, 우리 집의 찔레꽃이 우리 동네에서는 제일이었다. 아, 그 양철집은 그 집 지붕이 빤짝거리는 양철이라 양철집이라고 불렸는데, 뙤약볕이 내리쬐는 한여름에는 지붕이 성난 듯이 불볕더위를 뿜어내는 듯했다. 우리 골목에는 순사집, 은행집도 있었고, 춘부장네와 우체국집도 있었다. 우리 집 맞은편은 '오동동'으로 통했는데, 그것은 두 집

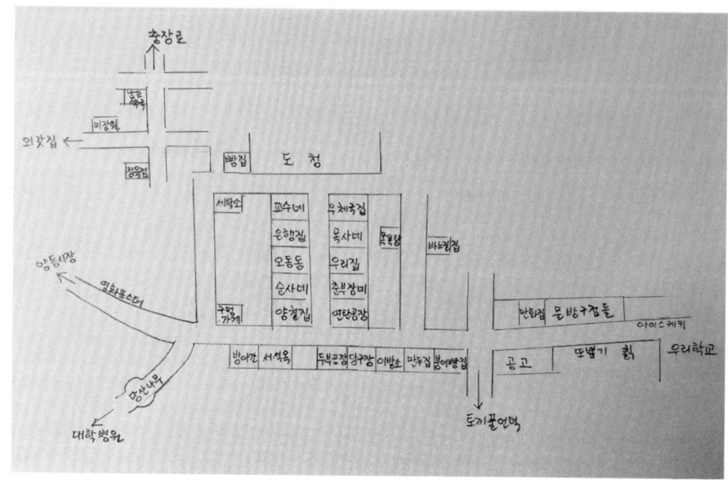

기억을 더듬어 그려본 우리 골목과 학교 가는 길

의 막내아들들이 암호라고 하면서 '오동동'하고 부르면 뛰쳐나가 골목에서 만나기로 했기 때문이다. 순사집은 경찰 아저씨네고, 은행집은 은행에서 일했던 아저씨네였던가 아니면 그 집 뒤뜰에 은행나무가 있었던가? 춘부장네는 자기 아버지를 춘부장이라고 불렀다고 하여 그렇게 통하게 된 것이다. 된장, 고추장, 청국장처럼 자기 아버지를 국거리감처럼 춘부장이라고 아무렇게나 불렀으니 흉거리가 될 수밖에 없었던 것이다.

학교 가는 길

　우리 집에서 나와 양철집 쪽으로 걸으면 학교 가는 길을 만나게 된다. 이 길에는 우물쭈물 하다가는 큰일 날 자전거, 말 구루마[3], 가끔은 택시도 지나다니고, 구멍가게도 많아 학교에 오가면서 이것저것 구경거리가 많은 넓지도, 좁지도 않은 아기자기한 길이었다. 말들이 채찍을 맞으며 달려가면서도 어엿하게 김이 무럭무럭 나는 말똥을 두어 덩이 떨어트리고 가기도 하고, 비오는 날은 '쌩' 하고 지나가며 흙탕물 선물을 주는 코로나 택시에 대비하여 우산을 방패막이로 잽싸게 몸 앞으로 펴는 실력을 닦아야 했다. 그렇지만 우리는 '개똥밭에 굴러도 이승이 좋다'라고 하였고, '연꽃은 흙탕물 속에서 더욱 맑게 피는 것'이라고 하니 우리의 학교 가는 길도 '얽히며 설키며 바쁘게 살아가는 길'이었다.

　학교 가는 길에는 연탄공장, 얼음가게, 두부공장, 쌀집, 붕어빵집, 만두집, 이발소, 당구장, 방앗간, 구멍가게가 양쪽으로 앞서거니 뒤서거니 줄을 서 있었다. 그 길에서 쌀가마도 들이고, 계절에 상관없이 연탄을 몇 장이라도 찍어 들이고, 설날이 다가오면 방앗간에 가서 떡국떡도 빼오고, 운 좋게 어른들이 일원이나 이원을 아메사탕⁴ 사먹으라고 주면 순식간에 골목을 왼쪽으로 돌아 구멍가게로 달려가 그 이마에 발을 쳐놓은 듯 걸려 반짝거리는 주홍색 금붕어 줄줄이 사탕 한 줄을 낚아채어 한 마리씩 빨아먹는 그 꿀맛!

학교에 가려면 우리 골목에서 나와 석탄 찌꺼기가 흘러나오는 연탄공장을 신발이 안 더러워지게 조심스럽게 싸돌아 왼쪽으로 돌아가는데, 큰 사거리를 건너면 우리 학교가 멀리 보이기 시작한다. 그런데 그 길에는 들여다보고 싶은 구멍가게도 많고 주전부리 모임이 길바닥 이쪽저쪽으로 엮여 있다. 칡 파는 아저씨는 일찌감치 나와 칡을 썰고 계시나? 만화방 유리창에는 '의사 까불이'⁵ 다음 편이 나와 있나? 팔짱 끼고 교문까지 함께 갈 친구가 보이나? 이렇게 여러 가지를 살피면서 가야 하는 바쁜 아침이다. 칡 파는 아저씨는 칡을 종이처럼 얇게 스르르 썰어냈는데, 한석봉 어머니의 떡 자르는 것보다 더 뛰어난 칼솜씨였다. 어쩌다 운이 좋아 아저씨가 한쪽 먹어보라고 주면, 처음 혀에 닿을 때의 씁쓸한 맛도 싫지는 않았지만, 씹으면 씹을수록 우러나와 입 안으로 가득 번지는 칡 밥맛은 지각할까 조마조마하면서도, 교실까지 죽을 힘을 다하여 뛰어야만 하더라도, 저버리고 갈 수 없는 아침 학교 길의 즐거움이었다. 아저씨 옆 지게에 이리저리 멋대로 휘어진 칡뿌리들을 아저씨는 어디서 찾아서 캐오는지는 알 수 없는

세탁소와 빵집 가는 길. 우리 골목을 나와 도청 뒷담을 걸어 곧장

일이었다. 팔자 고치려고 천년 묵은 산삼 찾아 나섰던 심마니 일
에 지쳐 이제는 칡덩굴 따라 덜렁 넘어오셨나 보다.

　학교 파할 때 해찰하지 말고 군것질하지 말고 곧장 집으로 가
라는 선생님 말씀에 우리는 모두 큰소리로 "네" 하고 대답하지
만, 집에 그냥 가기에는 아쉬운 게, 또뽑기 아저씨, 더운 날은 아
이스케키 아저씨, 쌀쌀한 날은 붕어빵 집에, 거기다 문방구점도
그냥 지나가기에는 눈, 코, 귀에 닿는 끌림을 이겨내기가 쉽지 않
았다. 아이스케키 아저씨는 동그란 강철 다라[6] 두개가 포개진 것
같은 기계를 이쪽저쪽 돌아가며 돌려냈는데, 왜 그렇게 하면 아
이스케키가 되는지는 아무리 쳐다봐도 답이 나오지 않았다. 반지
락[7]을 양판에 문들어 비벼 씻어낼 때 나는 우드득 부드득 소리를
내며 짙은 회색 강철 통들이 이리 왔다, 또 그 반대로 갔다 하면
긴 나무 막대기에 꽂인 앙꼬 케키[8]를 쇠통 속 옆으로 줄줄이 붙어
있는 튜브 속에서 빼낸다. 먹으면 배탈 난다는 엄마 말에 그냥 서
서 구경만 해야 했지만, 단팥 냄새는 언제나 어느 때나 고소했다.
따끈따끈한 붕어빵 속에서도 차디찬 아이스케키에서도 입에 침
이 사르르 돌게 했다.
　또뽑기 아저씨네는 먼 데서부터 달짝지근한 냄새가 풍겨 쉽게
발이 끌리는데, 아저씨가 설탕을 조그마한 숯불 위에서 지글지글
녹혀[9] 만든 반짝거리는 엿물을 위쪽이 양철로 덮여진 낮으막한 상

위에 부은 다음 여러 가지 오묘하게 짤라낸 모형을 얹어 누르면 사슴도, 토끼도 나오고, 안경도, 우산도, 놀부네 기와집, 아니면 흥부네 오막살이도 순식간에 생겨났다. 우리는 쪼그리고 양철 상 옆에 동그랗게 둘러앉아 모형을 깨끗하게 흐트름 없이 빼내야 했다. 혀로 '살-살-' 필요 없는 데를 녹혀 내거나, 손에 침을 묻혀 조심스럽게 모형을 살려내는데 꼭 아슬아슬하게 좁디좁은 데가 있어 모형이 깨지고 말았다. 어쩌다 운이 좋아 가까스로 그 고비를 넘기면 아저씨가 숨겨놨다 꺼낸 바구니에서 선물을 뽑아낼 수가 있어, 또뽑기 아저씨라고 하였던 것이다. 파랑색 호루라기나 바람개비가 속에 들어있는 투명한 구슬도 따낼 수 있는데, 또뽑기에 걸리기는 산수 시험에서 백점 맞기보다 더 어려운 일이었다.

누가 보나 살피지 않고 떳떳하게 들어갈 수 있는 곳은 문방구. 거기에는 항상 가지고 싶은, 속에 작은 거울이 달린 오렌지색 필통도 있고, 눈이 큰 노랑머리의 계집애가 그려진 책받침도 만지작거릴 수 있고, 예쁜 색 에이치비 연필도 이리저리 뒤적여 보는데, 쪼르르 한 줄로 늘비한 하얀 실내화를 보면, 거무죽죽해진 내 실내화도 다시 살 때가 됐나 하다가도, 그것보다는 새로 나온 색색으로 인쇄된 국민전과가 더 탐났다. 값이 95원이나 돼, 그것만 있으면 공부도 잘 될 거라는 생각만 해보지 엄마한테는 사 달라고 말할 엄두가 나지 않았다. 20센치까지 잴 수 있는 잣대도 대나무로 멋없이 생긴 내 것보다 훨씬 예쁘게 색색 플라스틱

으로 나와 있고 분도기, 삼각자, 콤파스도 오렌지 필통에는 넣을
자리가 따로 있지만 아직 산수 시간에 필요한 것도 아니었는데
욕심이 났다.

우리 동네

우리 동네는 필요한 것이 조금만 걸어가면 다 있는 편리한 동네였다. 시장에 가기 싫은 게으름이 나올 때도 우리 골목에 오는 리아까[10] 손수레 장사아치가 골고루 반찬거리나 주전부리를 몰고 오니 문제없는 일이었다. 목소리도 가지가지로 장바닥의 소란이 손수레를 타고 우리 동네에 온 셈이다. "토마토요, 복송[11], 당근, 열무요. 싱싱한 딸기요, 하지 감자 왔소⋯."

큰 손수레 대신 장사하는 아줌마들 머리를 타고 오는 다라도 이동 점빵[12]처럼 빠질세라 덤벼들었다. 특히, 반지락, 꼬막, 갈치, 꽁치, 영광 조구[13], 석화[14] 등 해물은 철에 따라 아주머니들이 반찬거리 장만하라고 외치면서 골목을 지나갔다. 짚을 틀어서 만든 똬리를 머리에 올린 뒤 다라가 그 위에 올라타는데 아줌마들이 이리 흔들 저리 흔들 엉뎅이를 삐쭉거리며 걸어도 떨어지지 않는 것은 신기한 일이었다.

내가 좋아하는 아줌마는 그중에서 야채를 머리에 이고 오는 안센땍[15]이었다. 남편이 안씨라는데 '센'은 왜 붙는 건지.[16] 얼굴이

곰보 자국 한 덩어리지만 빙긋이 웃을 때는 유난히 정리가 잘된 하얀 이빨이 고와 보였다. 엄마가 한푼이라도 더 싸게 사려고 값을 깎기 시작하면 "밑지는 장사요." 하면서도 넌즈시[17] 엄마한테 져주었다. 그러다가도 엄마가 우수리[18]는 그냥 두라고 하면 주먹 한줌으로 깻잎이라도, 마늘쫑이라도, 뭔가 더 얹어 주는 그런 아줌마였다. 유난히 우렁찬 소프라노 아줌마도 질세라, 매일 우리 골목으로 오는데 그날 가져온 야채들을 다 외친 다음 뭔가 빠진 것을 슬쩍 붙여대는 슬기에 우리는 들을 때마다 웃어댔다. "오이, 상치[19], 까지[20], 죽순이요…." 몇 박자 후에, 다장조로, 도(쑥) 도(갓) – 시시(이랑)를, 4분의 3박자로 "쑥갓이랑" 하고 더해냈다. 김씨 스터스가 "먹고 싶고, 입고 싶고, 보고 싶은 것도 많지만"을 부른 뒤, 몇 박자 후에 생각났다는 듯 "사고 싶은 것도 많지만" 하고 슬며시 붙여대는 것 같이. 계림동땍도 지산동땍도 반찬거리 모아 단골인 엄마를 매일 찾아왔다.

제일 신나는 일은 엿장시[21]랑 튀밥장시가 올 때였다. 키가 작고 동글 무시[22]처럼 생긴 엿장시 아저씨는 커다란 가위로 쳐대며 신나게 칼랑칼랑 가위춤으로 흥을 돋구다가, 엿을 자를 때는 가위 하고 끌을 엿판에 대어 '툭–툭–' 잘라내는데, 우리 아저씨 엿판 에는 색색으로 박하 조각이 박혀 있는 엿은 보기도 좋고 맛도 특별했다. 쓸모없이 망가진 양은 냄비라도, 다 떨어진 운동화 한 짝도, '엿장시 맘'이니까 깻엿이나 박하엿으로 바꿔주니 허드레 살림 정리도 하고 꿀엿 맛도 보게 되어 엿장시 아저씨는 항상 반가운 사람이었다. 엿장시에 질세라 어디서 '펑' 하면서 튀밥 터지는 소리가 나면, 엄마를 졸라 떡국떡 남은 것을 소쿠리채 들고 뛰쳐나가 튀어낸 튀밥을 치마를 보자기인 양 한아름 싸서 옹골지게 받아오면 그날은 여지없이 즐거운 하루였다.

우리는 백의민족이라 하얀 쌀과 아주 친한 친구가 되었을까? 밥심으로 사신다며 끼니마다 꼭 한 그릇씩 드시는 아버지, 뒤주에 쌀이 떨어지지 않게 때 맞추어 쌀가마를 들이시는 엄마. 생일날은 하얀 백설기떡, 목 마를 때 시원하게 마시는 식혜, 배탈 나면 먹는 홍합죽, 표 필요하면 국회의원들이 돌리는 막걸리, 학교 앞에서 맛보는 쉰도 밥도 아닌데 밥 쉰이어야 좋다 하고, 설날에 먹는 떡국, 우리를 즐겁게 해주는 튀밥, 모두가 하얀쌀에서 시작되었고, 눈이 오면 우리는 '하늘 나라 선녀님들이 하얀 가루, 떡 가루를 자꾸자꾸 뿌려줍니다.'라고 노래했다.

우리 골목은 손수레들이 좀 한가해지는 서너 시쯤에는 우리 놀이터가 되었는데, 우리 집에 붙어 있는 전봇대를 술래가 지키고, "무궁화 꽃이 피었읍니다." 놀이를 하거나, 누가 제일 먼 데까지 던질 수 있는지 오자미[23] 던지기 놀이도 하고, 또 우리 집 창고 속에서 '둘-둘-' 말아진 새끼줄을 꺼내 줄넘기를 하기에는 우리 골목이 최고였다. 두 사람이 이쪽저쪽 양쪽 끝에서 새끼줄을 잡아 동그라미 그리듯 굴리면 오르락내리락 하는 새끼줄에 닿지 않게 잘 맞추어 들어가 뛰어야 하는 것도 여기서 연습해서 배우게 된 것이었다. 학교에서 중간 놀이 시간은 고무줄 놀이를 시작했다 하면 벌써 다시 교실로 들어갈 시간이 되어버리고, 못된 남자 녀석들이 훼방 놓고 고무줄 잘라 도망가서 판이 깨지는 일이 한두 번이 아니었다. 우리가 오자미 놀이를 하면 남자 녀석들이 오자미를 채가기도 했는데 우리는 지네들 제기 차는 거나 팽이치기, 딱지치기, 진도리, 자치기, 뭐를 하던 상관도 안 하는데 우리 놀이 방해꾼 사내 녀석들은 성질이 고약스럽다고 생각했다.

정신없이 땀 흘리며 놀 때도 우리가 제일 무서워 한 것은 골목 끝머리에 상이군인이 나타나는 것이었다. 누군가 "상이군인이다!" 하고 외치면, 오자미 놀이도, 숨바꼭질도, 줄넘기도 다 팽개치고 집으로 들어가 문을 걸어야 했다. 왜 군인이 '상이'가 됐는지 잘 몰랐지만, 발 하나 없이 작대기에 기대면서 쏜살 같이 쫓아오면 겁이 덜컥 났었다.

순식간에 작대기를 문 안으로 들이대면 먹다 남은 밥이든지 반찬도 담아줘야 했다. 내가 3학년이었을 때는, 문둥이도 두 번 우리 골목에 왔었는데, 내 친구 강희가 쳐다보면 우리도 문둥이가 된다고 하여 다 때려치우고 집으로 들어가 문을 걸었는데, 문둥이는 밖에서 문을 치면서 한참 기댔다가 간 듯했다. 집집마다 크레졸을 문에 뿌려 골목 안이 병원 냄새로 가득했다. 올해 들어서는 문둥이가 온 적은 없는데 어른들이 죽었을 거라고 했다. 사람들이 제일 나쁜 것을 문둥이 같다고 하는데 뭘 잘못하면 문둥이가 되는 걸까? 엄마가 더럽다고 사먹지 말라는 우유 아이스케키도 몰래 사먹지 않을 거다. 시원한 하늘색 나무통에 넣어 이 골목 저 골목 돌아다니며 파는 젊은 아저씨한테, 아무도 없을 때 슬쩍 사서 입에 대는 그때 골목을 돌아오는 엄마를 보고 아이스케키는 재빨리 땅에 던지고 '반갑게' 엄마 손 잡고 집에 왔던 것은 딱 한 번뿐이었다. 짱기보[24] 하다 억지 부리고 약 올리는 동생을 땅에 질질 끌어 바지 무릎이 문들어져 찢어지게 한 것도 앞으로는 절대로 안 할 거다.

너무 귀여워서 아버지가 꼬마라고 불렀던 동생을 내가 씩씩거리며 못살게 한 것이다. 우리 집에서는 날 순하다고 순덕이라고도 불렀는데 어림도 없다. 동생한테 쌈닭처럼 화풀이 했으니까. 문둥이 되어 사람들이 크레졸 뿌리면서 날 피하면 우리 집 금붕어 밥은 누가 줄 건가. 내가 멸치가루나 깻묵을 때맞추어 조금씩 뿌려주면 붕어들이 나를 알아보는 듯 입을 뻐끔뻐끔 고맙다는 신호를 보내주는데.

근데 왜 군인은 상이가 되었을까? 선생님이 군인 아저씨들이 지켜줘서 우리들이 다 살아났다고 하시고, 나라를 보호해주는 우리 군인 아저씨들 몫으로 크리스마스 위문품 보낸다고 해서 나도 빠질세라 수건, 치솔, 치약, 비누를 모아 가져다 우리 반 모집함에 집어넣었는데. 이순신 장군도 거북선 만들어 우리나라를 지키고 왜놈들을 물리쳤다고 배웠는데. 씩씩한 우리 군인 아저씨들은 곧 월남에까지 도우러 갈 거라는데. 현충일인 6월 6일에는 집 밖에 태극기도 달고 10시에 사이렌이 울리면 국군 아저씨들을 생각하면서 모두 고개를 수그렸는데 다리 하나를 잃으면 나라를 못 지키니까 '상이'가 되는 건가. '상이'는 쓸모없는 쓰레기라는 말인가 보다. 난 상이가 안 되려면, 뭐든지 잘 먹고 달리기도, 넓이뛰기도 잘하게 아침 체조 시간에도 체육 시간 때도 열심히 뛰어야겠다. 나하고 제일 친한 요안나 아버지도 상이군인이라는데 그 아저씨도 다리가 하나 없는지 본 적은 없다.

요안나와 딸막이

요안나의 이름은 경순이다. 요안나는 내가 4학년이 되었을 때, 하늘이 보내주신 천사처럼 나타나 내 짝궁이 되었다. 요안나는 천주교 신자 가족이라 새 이름을 받았다고 했다. 웃을 때는 양쪽 볼에 보조개가 깊게 패어지는 것이 보고 싶어 웃기려고 해도 잘 웃지 않는 다소곳한 애였다. 나는 보조개 더 들어가는 것을 보려고 쉬는 시간에는 "웃어도 안 되고 울어도 안 되고 합죽이가 됩시다, 합!" 놀이를 하자고 했다. "합!" 하고 나서 아무리 안 웃으려고 해도 삐죽삐죽 하다가 다들 킥킥거리게 되면 요안나의 볼우물도 별 수 없이 더 쏘옥 들어가는 것이었다.

나도 신부님과 수녀님들이 우리를 가르쳐주시는 유치원에서 1년 동안 개근하면서 보육증서를 받았고, 마리아 수녀님, 데레사 수녀님들로부터 '하늘에 계신 우리 아버지'로 시작하는 기도도 배웠다. 졸업하는 날, 머리도 멋있게 올리고 색동저고리를 입고 신부님한테 큰 상을 받았던 것을 지금도 기억하고 있다. 안경 뒤에는 자상한 눈길이어도 잘 웃지도 않고 말이 드문 신부님은

유치원 졸업하는 날

무서웠지만, 수녀님들은 재미있는 '나무꾼과 선녀' 같은 이야기
도 읽어주시고, 1, 2, 3, 4부터 시작해서 숫자를 반듯하게 칠해 나
가는 색칠 공부, 내 이름도 잘 써낼 수 있는 글씨 공부도 열심히
가르쳐주셨다. 색종이를 예쁘게 잘라내는 것도, 예쁘게 접어 종
이배도 만들고, 종이비행기를 "떴다 떴다 비행기 날아라 날아라"
하며 먼 데까지 날려보내기도 하고, 색동바지저고리도 접어 신랑
신부 놀이도 했다.

풍금에 맞춰 노래도, 무용도, 1학년에 들어가기 전에 다 배웠
다. 덕분에 고개를 이쪽저쪽으로 돌리며 결혼식장에서 신랑신부
앞으로 색종이 조각을 뿌리는 꽃뿌리[25] 역할도 엄마가 정성껏
만들어주신 노란색 층층이 드레스를 입고 나설 수 있었다. 사
실은 이쁘고 똑똑하다고 맨날 뽑혀 꽃뿌리를 도맡아 하던 작
은언니 따라다니면서 줏어들은[26] 실력이었지만 나도 점차 틀이
잡혀 갔다.

노란색 층층이 드레스는 깔깔이 옷감에 우리 엄마가 좋아하는
잔잔한 꽃무늬인데, 긴 허리끈을 뒤로 매어 만든 큰 리본이 하늘
하늘 뿌려지는 색종이 꽃과 함께 촐랑거렸다. 그러니 꽃뿌리 없
는 결혼식은 시시하고 재미도 없을 거다. 나도 시집갈 때는 꼭 예
쁜 꽃뿌리 아이가 뿌려준 꽃가루 따라서 새 출발을 할 거다.

노는 시간에는 그네로 뛰어가 순서대로 높이높이 타고 올라갔
는데, 날더러 오래 탄다고 밀쳐낸 못된 미영이 때문에 손가락이

엄마 따라 꽃부리에 나선 작은 언니, 우리 집 앞에서

그네 줄에 긁혀 생채기가 났을 때도 데레사 수녀님이 빨간 물약을 발라 '후-후-' 불어주셨다. 나는 얼굴이 거꾸로 되어 한 바퀴 돌아야 하는 철봉은 무서웠지만, 그네를 타면 마냥 높이높이 구름을 쫓아가보고 싶었다. 솜처럼 몽실몽실 올라오는 구름은 복스러웠고 야들야들 조개껍질 마냥 여기저기 흩어지는 구름도, 물비늘처럼 퍼져가는 구름도 좋았고, 비를 머금은 매지구름은 엄마가 하늘이 창호지인 것마냥 벼루에 먹을 갈아 큰 붓으로 휘두르기도 하고 점을 찍어 놓기도 한 듯했다. 어느 날 수녀님이, 우리들한테 어떤 날이 제일 좋은가 물으셨을 때, 나는 대뜸 구름이 예쁜 날이 제일 좋다고 대답했다. 우리 친구들은 "왜 근디[27]?" 하고 물었지만, 나는 그네 탈 때면 늘 구름을 쫓아 먼 나라로 따라갈 수 있을까도 상상해보고, 솜구름이 없어지면 나 버리고 먼 나라로 갔나 싶었다.

밖에서 노는 시간이 끝나면, 우리는 하얀 우유 가루를 난로 위에서 끓인 물에 타서 만든 따뜻하고 고소한 우유를 줄을 서서 차례대로 수녀님한테 받아 마셨다. 뜨끈뜨뜬한 우유 맛은 안셀땍이 때맞추어 구해오는 늙수구레한[28] 호박으로 만든 달보드레한 호박죽마냥 훈훈한 느낌을 주었다. 호박도 사람처럼, 한 세상 사는 거다. '애'호박은 초여름 멸치 넣어 입맛 나게 하는 나물이 되고, 늙으면 호박죽이 되고.

국민학교에 들어가서는 무슨 애들이 어디서 그렇게 모아졌는지 교실이 부족하다고 아침반 낮반으로 교실을 번갈아 쓰기가 일수였다. 늘 수녀님들이랑 지냈던 유치원의 교실이 그리웠다. 복작거리는 학교에서는 친구도 많아졌는데 친구들한테 따돌림 받지 않도록 서로 눈치 보는 재주도 늘어가고 국어, 산수, 사회생활, 자연, 보건, 음악, 미술, 모든 과목에서 '수'를 맞으려고 힘썼다.

내가 2학년 때 우리 반의 김달막이는 어찌 된 일인지 빤쓰[29] 안 입고 다닌다는 소문이 나서 많이들 놀려댔는데, 모두들 김딸막이라고 불렀다. 달막이 엄마도 우리 옆집 아줌마처럼 아들 낳는 재주가 없어 딸 그만 나오라고 그렇게 이름을 지어줬다나. 왜 딸은 그냥 나오고 아들은 재주가 있어야 나오는지 알 수가 없었다. 우리 엄마도 담 너머로 옆집 아줌마랑 벌어진 실랑이 마무리에 아들도 못 낳는 예펜네[30]라고 뱉으면 옆집 아줌마는 말없이 수그러졌다. 유치원에서도 신부님이 남자 녀석들 데리고 기도하시면서, 하느님한테 사내로 태어나게 해주신 것 감사하자고 하시는 것을 복도를 지나면서 우연히 들었었다. 난 아들이었으면 나중에 우리 엄마처럼 뾰쪽 구두 신을 수도 없고 머리에 후까시[31] 넣어 민비처럼 꾸며볼 수도 없으니 하느님한테 계집애로 낳아주신 것 감사드린다고 속으로만 새겨댔다.

그런데 우리 외할머니도 딸은 반쪽이면 딱 맞는데 그건 병신이라 안 되고, 하나는 '과'하다고[32] 하셨다. 그것이 무슨 뜻인지는 잘 모르겠지만, 어른들이 맨날 "과하신 말씀입니다."라고 많이 했는데 뭔가 어리숭하지만 좋은 뜻은 아닌 듯 한데다가 딸 반쪽은 손도 하나고 발도 하나뿐이니 딸막이 아니라 딸반이 될 건가. 어린이신문도 소년한국일보이고 소녀일보는 흔적 없이 어디 갔을까? 하루는 우리 집에 놀러온 은경이가 우리 저녁상 차림을 보고, "우리 집에서는 오빠랑 남동생은 은 숟가락 젓가락이고 우리는 스텡[33]인디 느그[34] 집은 왜 다 스텡이냐?"고 물었다. 아, 그래서 아들 된 것 감사드리는 건가 생각하다가도, 난 스텡으로도 김치찌개, 시래기국, 꼬막데침, 무시말랭이, 뭐든지 맛있게 먹는데 숟가락 젓가락으로 하느님 탓할 일은 아니라고 생각했다.

딸은 어른이 되어도 여전히 '과'한 건지 엄마는 집사람이고 아버지는 바깥양반이라는 것이다. 아무도 엄마를 집양반이라고 부르지 않았고, 아버지를 바깥사람이라고 말하지도 않았다. 그래도 나는 우리 엄마가 우리 집사람인 것이 너무 좋았다. 항상 집에 계서서 엄마한테서 흘러나오는 빛에 집안 구석구석이 밝혀지고 모두 탈 없이 돌아가고 거기서 사는 우리 모두도 늘 씩씩하게 잘 자라고 있기 때문이다. 그래서 학교 다녀와서 엄마가 집에 안 계시면 무담시[35] 성질이 나서 동생도 쥐어박아주고 장독대 돌맹이를 닭장에 던지며 죄 없는 암탉 두 마리를 못살게 했다.

엄마가 그러는데 나 어렸을 때 길을 지나가던 수염이 긴 어떤 할아버지가 "아! 그놈 귀 잘생겼다. 대통령감이요."라고 했다고

우리 집의 빛

한다. 내가 대통령이 되면, '아들막'이라는 이름도 생기려나? 아버지를 따라 이발소에 가서 맨날 드르륵 이층 단발이니 시리핀[36]을 이리 찌르고 저리 꽂아도, 대통령감 귀는 자랑할 길이 없었다. 나는 엄마 따라 미장원을 가야 되는데, 계집애이니까. 그러면 멋없는 이층 단발보다 신형으로 미용사 아줌마가 고데기로 꽃뿌리 나갈 때처럼 단장해줄 텐데, 우리 집은 이상하게 날 사내애들이 가는 이발소에 보냈다. 당구장 옆에 있는 이발소에 갈 때면 당구가

사랑에 어린 엄마

'딱-딱-' 부딪치는 소리에 귀가 익었지만 날 사내애처럼 머리꼭지 뒤를 쓱싹 밀어내는 이발사 아저씨에게는 정이 붙지 않았다. 내 귀는 당나귀 귀가 아니고 대통령감이 될 귀라서, 검은 모자에 숨길 필요도 없고, 누가 그 임금님 귀 마냥 "아하하 우습다."하며 놀릴 일도 없으니 촌시러운[37] 이층 단발에 치이지 않아도 좋았을 텐데….

그 귀 때문에 우리 엄마가 회초리 들고 시계 보는 것을 가르쳐 주셨나 보다. 시계 못 읽으면 대통령은 못 되는 건가? 이제는 구구셈도 잘하고 시계 읽는 것도 문제없지만, 2학년 때에 큰 바늘과 작은 바늘이 그려진 동그라미 시계를 보고 시간을 맞추는 산수 시험에 65점 맞아 집에 오니 방에도 들어가기 전에 현관에서 기다렸다는 듯이 엄마가 회초리를 두들기며 "시계도 못 보는 멍청이는 우리 집 역사에는 없느니라."라고 하시면서 야단을 치실 때에는 콧물 눈물에 찌들리면서 겨우 시간을 맞추었다.

그 뒤로 난 시계하고는 친구 삼지 않기로 했다. 시계 없이 그냥, 잘 시간, 일어날 시간, 밥 먹을 시간, 학교 갈 시간으로 시간을 맞추면 4시 15분 전 같은 것보다 더 쉽게 통할 것 같았다. 그것도 부족하면 할머니 방 천장 밑에 걸린 벽시계는 시간마다 때를 안 놓치고 네 번씩 '땡-땡-' 쳐주니, 내가 시계 얼굴 들여다보지 않아도 될 성 싶은데. 피아노 칠 때면 하나, 둘, 셋, 둘, 둘, 셋 박자도 잘 맞추는데, 똥그란 시계가 두 손을 돌리기 시작하면 10분 전

인지, 20분 후인지 헤아려지지 않았고, 왜 하필 60분이면 한 시간
이 되어야 하는지는 지금도 모르겠다. 그래도 우리 집 역사에 멍
청이로 남을 고비는 가까스로 넘겼다.

담배껌과 일기

　3학년 때 우리 교실은 학교 강당을 나누어 임시로 뚜드려 맞춘 교실이라 옆 반에서 누가 앞에 나와 손 들고 벌 받는지를 안 봐도 알 수 있을 정도로 산만스러웠다. 게다가 교실마다 애들이 바글바글해서 선생님도 그 많은 애들을 가르치시기도 힘들었을 것이다. 우리 반만 해도 내가 75번이었는데 나 뒤로도 더 큰 애들이 있었으니, 교실마다 구구단을 "이일은 이, 이이는 사"부터 시작해서 "구구 팔십일"을 큰소리로 장단 맞추어 외우기 시작하면 온 세상이 구구단 아수라장이 되었다. 나는 그 많은 애들에게 시달리시는 선생님 말을 잘 들으려고 열심히 외어 어떤 숫자에서 시작해도 그대로 척척, 선생님이 날 '산수박사'라고 부르셨다. 어떤 애들은 매일 단체로 외워도 선생님이 혼자 서서 외어보라고 하면, '육일은 육' 다음부터는 횡설수설했다. 선생님은 숫자 셈이 서툴면 나중에 훌륭한 사람 못 된다고 매일 몇 번이고 다같이 구구단을 외우게 하셨다.

　우리 교실을 조금이라도 색다르게 꾸며보자는 선생님의 말씀대로, 색깔과 무늬가 다른 헝겊을 잘라 붙여 교실 뒤 벽에 숲속의 동물 세계를 만들어냈다. 하얀 목면에 솜을 얹으면 토끼가 되고, 밤색 고루덴[38]은 원숭이, 코끼리는 여러 색이 섞인 헝겊이었지만 코 때문에 금방 알아볼 수 있었고, 초록색, 연두색, 노랑색 헝겊은 동물 세계를 양산 같이 덮어주는 나뭇잎이 되었다. 모가지도 다리도 긴 기린은 나뭇잎 속에서 긴 눈썹을 자랑하며 얼굴을 내밀고 분홍색 긴 양말을 신은 듯한 타조도 구석에 만들어 붙였다.

엄마는 쓰다 남은 자투리 헝겊도 하나도 버리지 않고 태극 반짇고리[39]에 모아놓아 나도 거기서 열심히 골라 이것저것 가져갔는데, 노랑 망사는 노랑나비로 변하고, 검정색과 밤색이 섞인 융은 호랑이의 줄무늬로 썼다. 집에서는 별 쓸모없이 굴러다니는 것도 우리 동물 세계에서는 쓸쓸이가 있어 내가 가져간 큰 조개, 방울, 비니루[40] 조각, 병마개도 다들 한 차지를 했다.

우리는 심심할 때면 반짇고리를 꺼내, 공주 인형에 양단을 색색대로 맞춰 긴 드레스도 입혀 보고, 빤짝거리는 은줄이 들어간 하이카라 헝겊으로 마후라[41]를 만들어 거울 앞에서 이리도 써보고 저리도 써봤다. 촌시러운 이층 단발도 가리고 이마 위로 살짝 애교머리가 나오게 해서 김지미 흉내도 내어보고.

선생님이 잡아주신 모형에 따라, 가위로 자르고, 풀로 붙이며 시간 가는 줄 모르고 열심히 하면 선생님이 새로 나온 담배껌을 하나씩 주셨다. 미국 영화에서 나오는 멋있는 여자 배우처럼 담

배 피우는 흉내도 내보는데, 내가 받은 담배는 시원한 하늘색이
라 더 멋이 있었다. 그래도 연기를 뿜어낼 수 있는 진짜 담배로
폼을 잡아봤으면 했는데, 그 기회가 빨리 왔다. 친구들이랑 우리
집 뒤뜰에서 고무줄 놀이를 하다가, 갑자기 민숙이가 "우리 담배
피워 볼래?" 하면서 피다 남은 담배 꽁치 하나를 치마 주머니에
서 꺼냈다. 민숙이는 지네 언니가 만화방에서 빌려오는 《아리랑》
잡지를 많이 봐서인지 우리가 모르는 것도 많이 알고 있어, 머리
도 혼자서 올려 매기도 하고, 옷도 위아래 색이 맞게 입어야 한다
고도 했다. 한번은 고무줄 놀이 하다가 치마를 치켜올려 짙은 분
홍색 빤스도 자랑했다. 난 빤스도 엄마가 만들어주어 가게에서
산 예쁜 빤스를 입는 민숙이가 부러웠다. 엄마가 좋아하시는 잔
잔한 꽃무늬는 그렇다 하더라도, 메리야스[42]가 아니라 뻣뻣한 목
면이라 잘라서 바느질한 곳은 꼭 옹색한 데이고, 여자는 아랫도
리를 야물게 단속해야 한다면서 시커면 고무줄을 가랭이[43]에 넣
어 졸여, 가랭이에 고무줄 자국이 남기도 하고, 고무줄을 잘라 매
듭 지은 데는 허리든지 가랭이든지, 오래 기대거나, 잘못 앉으면,
매듭이 살로 패어 들어갔다. 민숙이는 이런 일이 없으니 좋겠다.
  운동장에서 모여서 놀 때 남자 녀석들이 화적떼들처럼 몰려다
니며 여자 애들 치마를 뒤집는데 내가 걸리면 이상한 빤쓰 입었
다고 흉볼까 봐 운동장에서 놀 때도 엄마 말대로 아랫도리 단속
을 소홀히 할 수는 없었다. 유한양행[44]에 가면 쌍방울표 예쁜 빤

스도 잠옷도 많은데 엄마는 하필이면 바느질을 잘해 우리는 양말만 사서 신고 모든 것을 엄마가 만들어주시니 억울한 일이다. 그래도 양말은 버선이 아니라 엄마가 아무리 눈썰미가 뛰어나고, 마름질, 시침질 선수라 해도 목면이나 나이롱[45]으로는 만들 수 없으니 다행이었다.

친구들이랑 할머니 방 아궁이에서 부지깽이로 불을 댕겨 돌아가며 담배 피우는 흉내를 내보았다. 민숙이는 담배를 두 손가락에 걸고 그대로 켁켁대면서 연기가 코로 나와야 한다고 해서 이리저리 어떻게 하면 되나 궁리하는데, "쪼끄만 것들이 못할 짓이 없구만!" 하는 엄마의 소리침에 담배 놀이는 고무줄 놀이로 얼른 다시 바뀌었다. 그래도 연기가 어떻게 코에서 나오는 건지는 두고두고 알아낼 기회가 다시 오지 않았다.

3학년 때 선생님은 무서우면서도 부드러운 남자 선생님이었다. 친구들이랑 선생님 집에 번번이 놀러갔는데 그때마다 항상 반가워하시고 과일도 주시고 과자도 주셔서 우리는 마루에 앉아 선생님 집에 있는 세계지도 책도 보고 색종이 접기 놀이도 하면서 놀았다. 선생님은 사람은 하루하루 생각하며 살아야 한다면서 매일 일기를 쓰게 하셨다.

3학년에 올라간 후 3월 13일부터 일기를 쓰기 시작했는데 5월 7일 선생님이 일기장에 '수'라고 쓰시고 그 위에 빨간 도장을 찍

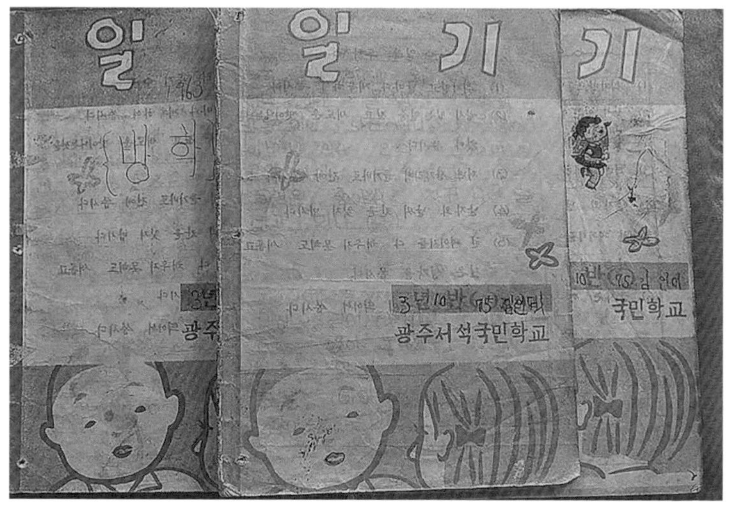

나의 일기장

으시고 "선생님은 재미있게 읽었읍니다. 퍽 잘 된 일기라 생각이 됩니다. 앞으로도 쉬지 말고 열심히 일기를 써보세요."라고 적으셨다. '수'를 맞아 으쓱했지만 매일 검사를 하셔서 밤에 '전설따라 삼천리'에 맘이 쏠려 있으면서도, 몇 자라도 꼭 써서 다음날 선생님께 보여드려야 했다. 어둑한 산길을 선비가 걸어갈 때 흉흉한 올빼미 소리에 숨을 죽이는데 꼬리 긴 여시[46]는 왜 맨날 예쁜 아낙네로 변해 선비 앞에 나타나는 건지, 아무리 예뻐도 꼬리를 감출 길은 없었는데. 몽달귀신은 한을 풀겠다고 외동딸 집에 얼씬거리고, 외딴 곳에 있는 집 한 채 문간방 문이 삐그덕 거리면 소름이 끼쳤지만, 전설이 시작되기 전에 나오는 음악은 언제라도 흥얼거릴 수 있을 만큼 익숙해지고 전설을 따라서라면 4천리도, 5천리도 가볼 것이었다. 머나먼 그때로 이끄는 멜로디는 잔잔한 바람 같기도 하고 보글거리는 물결 같기도 하면서 알 수 없는 세계의 문을 여는 듯한 음악이었다.

낮에 실컷 놀고 밤에 급작히 써내는 일기라 라디오 연속극 듣는 데도 방해가 되었다. 얼굴은 볼 수 없었지만, 목소리만으로도 우리 골목에서 일어난 일처럼 와닿는 이야기가 벌어지는 게 한 회도 안 빠지고, 숙제도, 일기도 뚝딱 끝내고 라디오 앞으로 모두 앉았다. 일어났던 일인가, 일어나고 있는 일인가, 일어날 수도 있는 일인가? 모든 것을 목소리로 이끄는 것은, 사람의 목소리에는 우리가 알 수 없는 비밀의 힘이 있는 것이다. 어린이 시간 연속극에 경상도 사투리 전문인 아주머니가 나오는 '기다리는 봄'도 좋았지만, 나는 어린이 시간보다는 어른 시간 연속극이 더 재미있었다. 우리가 매일 빠지지 않고 기다렸던 연속극에서는 불에 타 알아볼 수 없게 얼굴이 변한 옛사랑을 버리고 돈 많은 집으로 시집간 여자에게 그 옛사랑이 복수를 꾸미는 이야기였다. 주인공 남자는 차를 마실 때 찻잔을 반대 방향으로 돌려 남의 입술이 닿지 않았던 데에 입술을 맞대고 차를 마시는 색다른 버릇이 있었다. 그 뒤로는 우리 집에 오는 손님들은 엄마가 내놓는 유자차를 어디에 입을 대고 마시나 자세히 보았다. 그 주인공이 불에

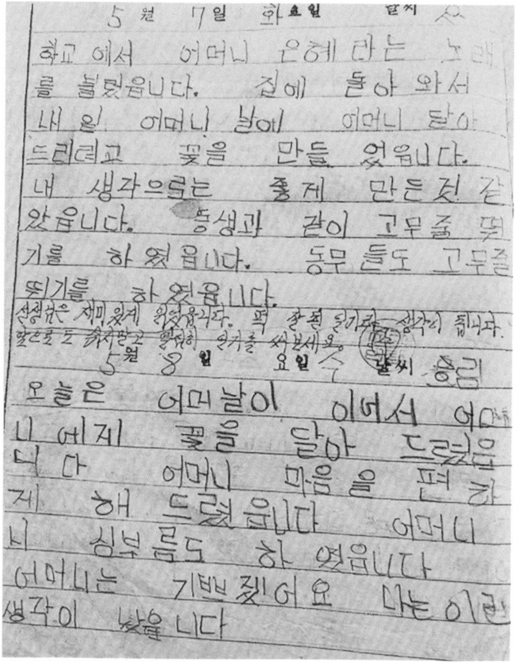
5 월 7일 화요일 날씨
학교 에서 어머니 은혜 라는 노래
를 놀렸읍니다. 집에 돌아 와서
내 일 어머니 날에 어머니 달아
드리려고 꽃을 만들 었읍니다.
내 생각으로는 좋게 만든것 같
았읍니다. 동생과 같이 고무줄 뛰
기를 하 였읍니다. 동무 들도 고무줄
뛰기를 하 였읍니다.
선생님은 재미있게 읽었읍니다. 꼭 좋은 일기라고 생각이 됩니다.
앞으로도 쉬지말고 꾸준히 일기를 써 보세요.
5월 8일 수요일 날씨 흐림
오늘은 어머날이 이여서 어머
니 에게 꽃을 달아 드렸읍
니 다 어머니 마음을 편 하
게 해 드렸읍니다 어머니
시 심부름도 하 였읍니다
어머니는 기쁘셨어요 나는 이런
생각이 났읍 니다

일기 내용의 일부

탄 얼굴에 가면을 쓴 듯 고쳐진 새 얼굴로 옛 여자친구 동네를 얼쩡대며 아코디언을 치면서 그 여자를 괴롭게 하는 슬픈 이야기였는데, 우리가 사는 것이 어디서 왔다가 어디로 가는지 알 수 없는 나그네 길이라고 노래하는 최희준은 무슨 말을 하는 건지 이해하기 어려웠다. 난 확실히 어디서 온 건지 알았고, 늘 엄마랑 아버지랑 재미있게 살 건데 무슨 나그네 소리인지.

　우리 골목은 땅거미가 질 때 어두워지면서도 발걸음은 계속 이어 나갔다. 군고구마를 파는 아저씨는 메아리가 퍼지듯 "야끼-모"[47]하며 지나쳐 갔고, 윷 두 개가 부딪치듯 '딱-딱-' 소리를 내며 지나가는 것은 눈 먼 안마사가 보내는 신호였다. 전설이 또 하나 나올 만한 야릇한 분위기로 이끄는 한밤중의 윷 부딪치는 소리가 점점 멀어져 가면, 우리 골목도 잠의 세계로 들어갈 준비가 시작되는데, 그때 맞추어 라디오에서 이제는 그만 자라는 듯 착잡한 트럼펫 음악이 울려 나오면 나는 그때마다 걷잡을 수 없이 우울해지고 허무한 느낌이 들었다. 뭔가 내 곁을 떠나가는 것 같은 쓸쓸함인데 뭐가 떠나가는지도 몰라 붙잡으려 해도 붙잡을 수도 없지만 한 번 떠나면 다시는 돌아오지 않을 뭔가였다. 이 트럼펫 곡조를 들으며 이 세상에서 제일 마술의 재주를 가진 사람은 음악을 지어내는 사람이라고 결정했다.

피아노와 하모니카

　풍금에 맞추어 노래도 부르고 싶고, 나비처럼 '훨-훨-' 춤추는 것도 배우고 싶었던 우리 엄마에게, '창'이나 '땐스'는 몹쓸 계집 년들이나 하는 짓이라는 금지령(얼마 전에 연속극에서 이창환 성우가 쓴 말인데 근사하게 들려 나도 써본다.)을 내리신 외할머니 때문에 어릴 적 꿈을 못 편 엄마는 우리에게 피아노도 무용도 다 허락하셨다.

　유치원 때부터 배운 무용은 썩 빼어나지는 못했지만 '산골짝 의 다람쥐'에 맞춰 손, 팔, 다리를 다람쥐가 흥을 내며 노는 듯 엮 어낸 무용이 맘에 들었고, 3학년이 되어서는 서로 손을 잡고 돌 아가는 포크땐스도 배웠다. 엄마보다 운이 좋았던 것일까? '창'도 음정을 솔찬이[48] 맞출 수 있는 덕분에 우리 반 대표로 뽑혀 독창 대회도 나갔었다. 손각지를 배꼽 높이로 앞에 대고 무릎을 살짝 굽히고 앞으로 뒤로 가볍게 흔들며 "쏭알쏭알 싸리 잎에 은구슬" 을 선생님 말씀대로 입을 주먹밥이 한 입에 들어갈 수 있도록 벌 려 불렀다.

신식 여성이 되고자 꿈꾸던 엄마가 동급생들과

그런데 풍금은? 엄마는 네 딸 모두를 피아노 레슨에 보내셨는데, 풍금 치고 싶었던 당신의 꿈을 곱빼기로 이루시는 건가. 비올 때도 가야 하는 피아노 레슨은 성가스러웠고, 추운 날 얼어붙은 손으로 하논을 치면 한 끼 지난 수제비처럼 엉겨버리는데다가, 연습하는 것은 더더욱 짜증스러웠지만 피아노 선생님이 무서워서 빠져나올 길이 없었다. 더구나 선생님 집에는 피아노가 앞방에도 뒷방에도 두 대나 있어 피아노 없어 연습 못할 일은 없었다. 앞방 피아노는 아담하고 신기해서 피아노 뚜껑을 스르르 건반 속으로 밀면 뚜껑이 피아노 몸 속으로 들어가면서 열렸다. 뒷방 피아노는 우렁찬 소리에 널찍하게 자리 잡은 큰 피아노였다. 조금 틀려 엉뚱한 데를 치면, 피아노 선생님이 "어디 가냐? 소풍 가냐? 학교 가냐? 공원 가냐?" 하면서 들고 있던 연필로 손등을 그대로 툭툭 후려치시니, 아프기도 하고, 부끄럽기도 하고. 그래도 교실에 있는 풍금으로 페달을 이리저리 밟았다 놨다 하면서 "금강산 찾아가자 일만 이천봉. 볼수록 아름답고 신기하구나!" 정도는 반주까지 넣어 칠 수 있게 되어 쉬는 시간에 우리 반 애들이 쳐보라고 하면 어깨가 으쓱으쓱해 친구들을 금강산으로 이끌었다.

피아노 선생님이 5학년 되면 피아노 콩쿠르에 나갈 준비도 해야 된다고 하시는데, 소나티네도 거의 떼고 체르니 100번 책도 끝나가고 바하 인벤션도 치기 시작해서, 나도 한번 덤벼 볼 수 있을까 생각해보다가도 우리 학교에서 피아노 제일 잘 치는 미희랑 비교하면, 꽝꽝 치면서 손이 위아래로 쏜살같이 굴러다니는 그 아이랑 나의 실력은 현해탄보다 더 멀리 떨어져 있는 실력이었다.

엄마가 가끔 응접실에 있는 축음기에 판을 올리면 "우리 아기 예쁜 아기 도리도리 짝짜꿍" 같은 꼬맹이들이나 좋아할 노래보다는 그동안 귀동냥으로 익숙해진 송민도 노래가 맘에 들었다.

엄마는 "오늘밤 장미꽃이 시들기 전에"[49]를 좋아하셔서 조용히 피아니시모로 따라 부르셨는데, 난 그때의 엄마의 목소리가 이 세상에서 제일 아름다운 목소리라고 생각했다. 내가 좋아했던 노래는 신나게 돌아가는 "날이 샌다 목장에 아침이 온다"[50]인데 "레이오 레이 레이오"[51]는 나도 꼭 따라서 불렀다. 서울에 공부하러 간 오빠가 레코드판을 사오면 새로운 서양 노래도 가끔 들었다. 오빠는 우리나라에서 제일 큰 서울 바닥의 '사나이'라 아는 것도 많고 나한테 가르쳐 주는 것도 많아 나도 자라면 미국보다는 서울로 먼저 가야겠다고 생각했지만, 오빠는 큰아들이라 서울행이 없는데 난 무슨 사연을 꾸려야 되나. 내 귀가 또 나서야 될 건가.

중학교 때부터 서울에서 공부하는 오빠는 우리 가족의 자랑이었고, 오빠의 서울 유학은 우리 가족생활에 특별한 리듬을 더해 주었다. 엄마 아버지가 때맞추어서 서울에 다녀오셨고, 오빠한테서 편지 오는 날도 오빠가 방학 때 집에 오는 날도 내 일기장에는 꼭 기록이 되었다. 3학년 때 난 일기에 이렇게 썼다.

5월 9일, "오늘은 비가 왔읍니다. 아침에 어머니와 아버지가 오빠한테 간다고 서울 가셨읍니다. 나는 아버지와 어머니가 가시니까 매우 섭섭하였읍니다. 동생은 막 울었읍니다."
5월 10일, "아버지와 어머니가 자꾸 생각이 납니다. 우리들을 매우 귀여워 해주시는 아버지와 어머니가 가셨으니까 매우 섭섭하였읍니다."

5월 11일, "어머니가 가신 뒤부터 동생이 더 귀엽게 보였읍니다. 서울 엄마한테 전화가 왔읍니다. 아무 일 없냐고 하셨읍니다. 아무 일 없다고 하였읍니다."

5월 12일, "어머니는 내일 새벽에 오신다고 하셨읍니다. 나는 너무 기뻤읍니다. 오실 때는 과자도 많이 사 오실 겁니다."

엄마가 서울 가시면 큰언니가 엄마 노릇을 했는데, 그것은 엄마 그리움의 좋은 대가였다. 큰언니는 엄마가 필요할지 모른다고 주고 간 50원을 아껴 학교 끝나고 오는 길에 꼭 꿀빵을 사왔다. 반짝거리는 동그란 공 모양에 참깨가 붙어 있는 꿀빵 맛에 언니가 학교에서 돌아오기만 기다렸다. 우리는 옹기종기 앉아 손가락을 빨아가며 쩝쩝거렸는데, 큰언니는 자기는 먹지도 않고 우리더러 천천히 꼭꼭 씹어 먹으라고만 했다. 큰외삼촌이 인정이 많은 조카라고 좋아했던 큰언니는 작은외삼촌도 질세라 '빡샥꾸리'라는 별명도 지어주었다. 아무도 그 뜻을 몰랐지만, 작은외삼촌은 세상에서 제일 착하고 밝은 학생이라는 말이라고 했다. 나도 그 말이 맞다고 생각했다.

오빠가 방학 때 오면 꼭 잊지 않고 사다 주는 선물은 말할 것도 없고, 우리를 지극히 돌보아주는 오빠였기에 오빠 편지 받는 게 늘 즐거웠다. 초여름 6월 1일에는 일기에 쓰기를, "서울에 있는 오빠한테 편지가 와서 내가 제일 먼저 보았읍니다." 그달 마지막

오빠가 동생들과 함께

날인 30일에는 "서울에 있는 오빠한테서 편지가 왔읍니다. 이제
까지 궁금했던 것이 오늘에야 편지가 왔읍니다."

오빠 보러 서울 가셨다 덕수궁에 들르신 부모님

방학이 되어 오빠가 오면 모두 신이 났고, 오빠가 다시 서울로 갈 때면 온 집안이 며칠은 조용해졌다. 여름방학이 시작된 후 7월 29일, "오늘 역에 나갔읍니다. 조금 있으니까 오빠가 왔읍니다. 오빠는 좋은 내 선물로 필통을 사왔읍니다." 그렇게 갖고 싶어 했던 우리 학교 앞 문방구에 있는 오렌지 필통보다 한 단이 더 포개져 작은 거울은 말할 것도 없고 지우개 자리도, 비밀 수첩도 모두 한자리 차지한 신형 필통이었다. 손바닥만 한 종이우산은 끔찍이도 예쁜데 내가 소중히 하는 인형 몫으로 서울

층층이 드레스 입고, 오빠, 빡샥꾸리 큰언니, 꼬마 동생, 부모님과 함께

서 오빠가 사와, 내 인형공주는 진흙탕 물이 양단 옷에 튀길 걱
정은 없게 됐다. 망나니 질주 택시가 쏘아대는 흙탕물을 막아낼
우산이 있으니까. 은박지에 싸진 초코렡도 빠짐없이 오빠랑 기
차 타고 왔다.

  겨울에 폭신폭신한 함박눈이 오는 날은 속에 가득 찬 겨를 치
워낸 사과 궤짝에 새끼줄을 달아 만든 썰매에 오빠가 나를 태우
고 얼굴이 홍시감처럼 빨갛게 되도록 우리 동네를 밀고 다니면

나는 공주마냥 고개를 이쪽저쪽으로 돌리며 옆에 정중히 고개를 숙인 신하들을 상상해보고 손을 가볍게 흔들어 주었다. 사과 궤짝은 신데렐라가 타고 간 휘황한 수레보다 더 멋있었는데, 우리 오빠는 서울 바닥의 사내인 데다 공주님이라면 뭐든지 해내는 충성 어린 기사였기 때문이다.

오빠는 서울물이 들어서인지 서양 총각들 비틀즈 레코드판도 사왔는데, 나에게는 내가 알아들을 수 있는 김치 깍두기 같이 구수한 김씨스터스가 더 잘 부른다고 생각되었다. 그래도 매일 오빠가 들을 때마다 나도 훔쳐들어 뜻도 모르면서 곡조는 다 외우고 소리 나는 대로 "홀쥬어핸--"[52]은 되든 안 되든 따라서도 불렀다. 오빠는 껍데기가 짙은 녹색 숲으로 깔린 '전원교향악'[53]이라는 레코드판도 사왔는데, 지루하고 뭔가 와닿는 게 없는 이상한 음악이라서 천덕꾸러기 감이었다. 그래도 한자리에서 되풀이하여 몇 번 들어보라는 오빠 말에 내키지 않았지만 듣기 시작한 게 나도 모르게 바늘을 들어 옮기고 또 옮겨 첫 대목을 몇 번이고 듣게 되었다.

하늘에서 어루만지듯이 내려오는 따뜻한 햇살에 전원이 눈앞에 펼쳐지는 듯한 곡조는 열세 번이나 되풀이되었는데, 시냇물도 보이고 '뻐-꾹' 하며 뻐꾸기 노래도 울리고, 빗방울이 퍼덕퍼덕 하다가 회오리바람이 불고 천둥이 치는 소리도 들렸다. 오빠 말로는 귀가 안 들리는 사람이 만든 음악이라는데, 그건 라디오 연속극처럼 지어 만든 이야기라고 생각했다. 소리도 안 들리는 귀머거리가 그렇게 훌륭한 곡조를 그려내는 요술사가 될 수는 없는 것이다. 요안나랑 토끼풀 뜯으러 갔다가 작달비[54]를 피하지 못해 도랑 건너다 빠져 휩쓸려 갈 뻔한 생각을 하면서 들으면, 그 음악만으로도 우리가 오손도손 손 잡고 아카시아나무 언덕에 올라 있는 기분이 들었다.

엄마는 때로 피아노 대신에 이불장 깊은 곳에서 꺼낸 하모니카를 부시고는 다시 곱게 싸서 집어넣으셨다. 엄마 방 이불장을 우리는 '오시-레'[55]라고 불렀다. 이불장이라 해도 위층 아래층으로 나눠져 위쪽은 이불 몫이지만, 아래에는 크고 작은 두개의 태극 반짇고리와 육각형의 바느질 그릇함, 화장품 그릇, 엄마가 매일 적는 가계부 등…. 거기다가 해적함에서나 나올 듯한 커다란 트렁크도 하나 있었다.

아버지가 미국서 공부하시다 이것저것 담아온 트렁크라고 들은 적이 있다. 그 속에 뭐가 들어 있나 궁금했는데, 하모니카와 제사 때만 나오는 은수저 세트, 아끼는 선물, 고이 여기는 편지는 겉은 빨갛고 안쪽은 파랑색 보자기에 싸서 트렁크 속에 간직하셨다. 특히 아버지가 미국서 공부하실 때 엄마랑 주고 받은 편지도 그 속에 있다고 오빠가 살짝 귀뜸해준 적이 있다. 오시-레는 엄마의 하루하루의 생활에 필요한 것이 모여 엄마의 많은 사연이 담긴 곳이라 할 수 있겠다.

나는 하모니카 부실 때마다 콧잔등이 꼬불꼬불해지는 게 재미있어 엄마 코만 열심히 쳐다봤는데 어떤 날은 송민도가 부른 '청실홍실'[56]도 엄마의 입술을 타고 하모니카에서 흘러나왔다.

의사와 대통령

학교 가는 길 사거리에서 학교로 곧장 가지 않고 오른쪽으로 틀면 곧바로 우리가 공고라고 불렀던 광주공업고등학교가 있었다. 그리고 한참을 가다보면 철도가 앞을 가로질러가는데, 철도를 건너고 나면 언덕배기에 올라서게 된다. 그 언덕배기 뒤로는 높은 산들이 병풍처럼 싸돌아 펼쳐지는데, 항상 우리를 지켜주듯 우리 학교 운동장에서도 늘 보이는 병풍이었다. 언덕에 올라서면 개울도 있어 미꾸라지가 동그라미 무늬를 그리며 미끄러져가는 것도 볼 수 있고 초랭이 떨며 노는 올챙이들도 병에 담아 언제 개구리가 되나 기다려 보기도 했다. 여름방학 숙제로 나오는 식물 채집은 그 언덕바지에서 모았다. 남들도 다 모아오는 흔해 빠진 질갱이[57]나 강아지풀, 괭이밥보다 좀 색다른 식물 채집은 그 동산이면 내놓을만 했다. 우리 집 토끼가 좋아하는 아카시아 이파리를 모으는 것도, 식물 채집 핑계 없이도, 언덕바지 뜰에서 한나절, 이름을 알 수 없는 나무도, 들꽃도, 새 소리와 함께 보내는 것은 언제나 즐거웠다. 이제는 전원교향곡 첫 대목을 '띤띠띠리 띤

띠리 띤띠 띤띠 띤띠리리-’로 엮어내면 요안나도 날 따라서 휘파
람으로 곡조를 맞춰주었다. 새로 나온 삼양라면 한 봉지를 따서
둘이 고소한 생라면을 아그작 아그작 씹어대면서 전원에서의 한
나절을 북돋았다.

　우리가 다 알 수 없는 자연의 세계는 조그마한 벌레부터 풀잎
하나하나에도 여러 가지 이야기를 품고 있는 것이 언덕에 갈 때
마다 더욱 더 확실하게 느껴졌다. 그에 따라 자연에 대한 호기심
도 늘어, 구름은 왜 땅으로 안 떨어지나? 비눗방울은 사각형은 안
되고 동그란가, 햇무리 달무리는 왜 생기는가도 알고 싶었다. 거
미줄도 자세히 보면 너무 신기하고 아름다운 데다가 “조롱조롱
거미줄에” 매달린 “옥구슬”58은 햇빛에 반짝거리고 비단 줄이 보
였다 안 보였다 하는데, 어떻게 지어지나 만져보고 싶었지만, 거
미가 열심히 만들어둔 셀 수도 없이 많은 다각형 부채살을 부숴
버리고 싶지 않았다. 딱따구리는 부리로 나무를 칠 때면 망치로
못 박을 때 같은 스타카토의 힘이 머리 속 뇌를 흔들어 상하지 않
도록 긴 혀가 머리 속을 몇 바퀴 감싸는데, 나무껍질 깊숙한 데서
먹을 것을 찾아내면 그 긴 혀가 풀려나와 갈고리처럼 먹이를 끌
어내 끼니를 채우게 한다는 것도 자연 시간에 배웠다. 그리고 뻐
꾸기는 게을러서 다른 새 둥지에 살짝 알을 낳고 도망간다고 했
다. 둥지를 공들여 만들 필요도 없고 다른 새가 아기도 키워주니
뻐꾸기는 여름에 기타 치며 놀다가 겨울에 개미한테 동냥 오는

배짱이 심보이다.

　요안나랑 토끼풀 뜯으러 갔다가 큰 비 만나 도랑에 휩쓸려 갈 뻔한 날도 건너편 도랑 옆에 한무더기 질갱이를 죽어라 잡고 기어올라 왔었다. 식물 채집할 때 아무리 뿌리까지 파내려 해도 죽어라 땅에 붙어있는 질갱이한테 투정도 부렸는데, 그날은 질갱이 덕을 톡톡히 봤다. 요안나는 도랑 속에서 허둥대는 날 보고 안타까워하면서 늘 살가운 내 친구답게 조용히 손을 내밀어 나를 끌어올리려 했지만 질갱이가 훨씬 더 힘이 되었다. 나는 천둥이 칠 때 하늘이 열리면 그 속에 뭐가 있는가를 보여주는가 싶어 번쩍거리는 번개도 자세히 보려고 했다. 우리 외할머니는 천둥 치고 비바람이 불면 숟가락, 젓가락, 주전자, 양재기를 모두 이불 속에 묻고 방 유리창도 병풍으로 다 막으시면서 하늘이 노했다며 무서워하시고 죄 많은 사람은 벼락 맞아 죽는다고 하셨는데, 난 무서움보다도 신기한 우주 세계에 대해 알고 싶은 마음이 더 컸다.

　3학년 때 일기는 선생님한테 야단 안 맞으러 쓴 일기라 '엄마가 씻어준 딸기 먹고 친구랑 놀았다' 아니면, '동생이랑 우표책 보며 우표 바꾸기 하다가 싸웠다' 같은 시시껄렁한 이야기 투성인데 하루는 세상 태어나 처음 본 일을 썼다. 강당을 나눈 교실들이라 이쪽 교실 저쪽 교실에서 책상, 걸상 옮기는 소리가 울려 청소 시간에는 무당이 푸닥거리 벌린 마당인 듯 어수선했다. 걸상을 책상 위에 올려 걸고 엄마가 정성들여 만들어준 걸레를 들고 나서는데 누군가 "거품 튄다!" 하고 외쳤다. 애들이 동그랗게 꽉 둘러싼 데 구멍을 뚫고 무슨 일인가 끼어들었더니 항상 말이 없는 윤자가 바닥에 쓰러져 눈이 허옇게 뒤집히고 입에서 거품이 나오고 손발은 나무 인형처럼 이리저리 휘젓고 있었다. 누군가 "거품이 우리 몸에 닿으면 저렇게 된다."라고 소리쳐 다들 멀리 흩어졌는데, 난 윤자한테 가서 손이라도 잡아주고 싶었다. 윤자는 누구한테 거품을 받았을까? 남도약국에 가서 활명수 사먹으면 괜찮아질까? 아니면 뭐든지 잘 든다면서 분꽃 씨앗처럼 까만 알약을 한 주먹씩 입으로 털어 넣으시는 외할아버지한테 그 이상한 냄새 나는 쥐똥약을 받아올까나? 선생님이 뛰어들어 윤자를 안고 병원으로 가셨다. 그 다음날 윤자는 항상 그렇듯 초 왁스로 만들어진 것 같은 허옇고 생기 없는 얼굴로 돌아왔는데 여전히 말은 없었다. 나는 일기장에 하느님한테 윤자의 거품을 떼어가시라고 썼는데, 내 일기도 비밀의 힘이 있었는지 윤자는 우리가 4학년 올라갈 때까지 다시 거품을 품는 일은 없었다.

4학년 때 담임 선생님은 매일 일기 검사는 안 하셨지만 사람은 생각하면서 살아야 됨에 나는 이제 버릇처럼 계속 일기를 썼다. 4학년 때도 놀라운 일은 있었다. 우리 옆반 반장이었던 장숙이가 어느 날 뇌염으로 죽었다고 선생님이 말씀하셨다. 할머니, 할아버지만 죽는 줄 알았는데 우리 같은 국민학교 학생도 죽는 건가. 이것도 연속극처럼 지어낸 이야기일 거라고 옆반을 쉬는 시간마다 쭈볏쭈볏 넘나 봐도 장숙이는 없었다. 어디 다른 데로 가 있을 거라고 생각하면서도 이제는 아무리 더워도 밖에 평상 위에서 자는 것은 겁이 났다. 방에 저녁밥 먹기 전에 모기약을 뿌리고 문을 닫아 놓으면 안심이지만 땀에 몽땅 젖어 평상으로 뛰어나가면 아무리 홑이불을 덮고 자도 일어나보면 모기들이 한끄니[59] 때우고 간 흔적 투성이었다. 그래도 그 코딱지보다 작은 모기 때문에 장숙이가 죽었다는 건 말이 안 됐다. 그 뒤로는 잠자리에 누워 잠들 때까지 사람이 죽으면 어떻게 되는가를 버릇처럼 생각해 보았다.

은정이 오빠는 삶은 달걀 하나 먹겠다는 것을 그 애 엄마가 맨날 먹을 궁리만 한다고 야단쳐 그 길로 울면서 자전거 타고 나갔다가 트럭에 치어 죽었다는데. 달걀 한 꾸러미 사서 삶으면 여러 개인데…. 우리 2학년 때는 운동장에서 철봉을 타던 5학년 남자애 위로 철봉이 무너지면서 떨어져 그 애가 죽었다던데. 죽으면 어디로 가는 걸까? 죽으면 가을밤에 '귀뚜라미가 또르르 우는'[60] 것도 안 들리고 빨갛게 물드는 해거름도 안 보이는 건가? 우리 식구들이 해수욕 갔을 때 그 마을 어린아이 등에 고약한 고름이 나오는 걸 우리 아버지가 치료하셨을 때 온 동네가 떠나가도록 아프다고 울었었는데 그 아이도 죽었을까? 나도 우리 아버지처럼 사람이 안 죽게 고쳐주는 의사가 될 거다. '의사 까불이'처럼 아픈 사람을 고쳐주는 깜쪽주사약[61]도 만들어내고 불쌍한 사람도 도우면서. 그런데 난 빨간색 피만 보면 가슴이 뛰면서 겁부터 나는데, 용기가 없어지는데, 피가 빨갛지 않고 노랑이나 초록이었으면 좋았을 텐데. 그러면 자신 있게 덤벼 의사 까불이랑 같이 작은 섬들도 찾아가 병을 고쳐주고. 문둥이도 크레졸 벼락 맞지 않게 고쳐주고, 상이군인 아저씨의 없어진 발도 깜쪽다리로 붙여주고, 모기도 퉁퉁약[62]을 써서 우리 물지 않고 하루 만에 사라지는 하루살이로 만들어야겠다. 내 귀를 보고 대통령감이라고 했지만, 대통령보다는 의사가 될까 보다.

의사 까불이라면 우리가 맞는 예방주사도 안 아프게 만들었을 거다. 학교가 병원도 아닌데 학교에서 콜레라 주사도 맞아야 하고, 회충약도 때를 안 놓치고 먹어야 했다. 회충약 먹는 날은 선생님이 아침밥도 먹지 말고 오라 하셨는데, 그날부터는 몸에서 지렁이가 기어 나올까 봐 겁이 나서 며칠 동안이나 똥 누는 것도 참다가 나중에는 '끙-끙-' 하고 큰힘을 써야 일을 이룰 수가 있었다. 주사 중에서 제일 아픈 것은 폣병[63]에 안 걸릴려면 맞아야 한다는 비씨지주사였다.

걸리면 피를 토하면서 죽는다고 해서 우리는 다들 할 수 없이 한 줄로 서서 윗도리를 올려 어깨가 나오도록 했는데, 어찌나 아팠든지 나도 해수욕 가서 본 그 애처럼 소리치며 통곡하고 싶었지만, 우리 집에서는 배우지 못한 것들이나 주사 맞고 우는 거라는 원칙이 있어서 끽소리도 못 내고 죄 없는 숨만 깊게 들이마셨

해수욕 갔을 때 엄마와 자매들

만화 '의사 까불이'의 표지

다. 홀랑 깨벗는[64] 것도 아니었건만 길자가 죽어도 윗도리 안 벗
는다는 것을 선생님이 화를 벌컥 내시고 볼멘소리로 "얼른 벗고
줄 서!"라고 하셨다. 우리 반 애들이 그러는데 길자는 목욕을 오
랫동안 안 해서 속살이 시커먼 게 부끄러웠기 때문이라고 했다.

　우리 집에는 목욕탕이 있어 그럴 일은 없었지만 쇠목욕통에 물
을 가득 채워 덥히는 날은 온 가족이 차례대로 때 껍질을 벗겨내
는 날이었다. 생계란을 집어넣으면 삶은 계란이 될 만큼 뜨거운
물속으로 들어가려면 몇 번이나 맘을 다스린 후에 발을 넣었다

포기하고, 또 넣었다 포기하다가 때를 밀러 오는 엄마 때문에 할 수 없이 몸을 담궈 살을[65] 불려야 했다. 더럽지도 않고 냄새도 안 나는데, 왜 목욕은 해야 하는 건지 엄마를 탓했다. 뜨거운 물에 들어가야 시원하다는데 왜 어른들은 뜨거운 물을 시원하다고 하는지 수수께끼다. 여름에 미수가루 탄 얼음물이 시원하고, 겨울에 동지죽 먹을 때 마시는 신건지[66] 국물이 시원하지, 펄펄 끓은 물에 어렵사리 몸을 담구면 뜨거워 죽겠는데 왜 시원하다고 하는지 한갑수 국어학자가 나서야 될 것 같았다. 잘못하다가 밑에 받친 나무판이 미끄러져 몸이 쇠목욕통에 닿기라도 하면, 그건 지옥이었다. 얼굴이 벌개져 나와 엄마가 때를 밀어줄 때면, 더러운 게 어디 다 숨어 있다 나왔나 싶었다. 또 넘어야 할 한 고비는 깨끗해야 한다고 살점이 떨어지도록 밀어내는 엄마의 매운 손이었는데, 특히 발뒤꿈치 더러운 사람이 세상에서 제일 짜잔한[67] 사람이라며 꼬집듯이 때를 벗겨내셨다. 이렇게 집에서 목욕하는 특별 행사가 때맞춰 있는데도 아버지는 목에 하얀 수건 하나 메시고 도청 뒤로 우리 골목 옆으로 나란히 나가는 옆 골목에 있는 공중 목욕탕에서 '시원하게' 목욕하시는 것을 좋아하셨다.

꽃밭과 정원

엄마 손은 매운 손, 포근한 손, 약손, 재주 손. 장이 맛있어야 음식이 맛있다며 해마다 메주를 떠 정성껏 장도, 된장도, 고추장도 만드신 엄마 말씀대로, 엄마가 만든 것은 딱 하나 빼고는 뭐든지 좋았다. 감기 걸리면 무시를 강판에 갈아 갱엿을 녹혀 넣은 무시즙을 마셔야 되는데, 코가 비틀어지도록 두 손가락으로 코를 누르고 마셔도 그 지독한 냄새는 지름길로 코 속으로 퍼지고 겨우 마시고 나면 무시즙은 아랫목으로 묻어져 날 또 고문할 기회를 살폈다. 의사는 아버지인데 감기만 걸리면 엄마가 먼저 나서는 게 그 약손 때문일 거다. 눈에 다래끼가 나서 벌개지면, 엄마가 바늘 끝을 '호-호-' 불어 고름을 짜내고 깨끗이 닦아내면 다래끼도 사그라졌다. 엄마가 무릎으로 만들어준 무릎베개에 누워 엄마가 귓밥[68]을 파주면 꿀맛 같은 잠도 엄마의 포근한 손을 따라 왔다. 그 손재주 덕에 장맛이 좋아서인지 돼지고기 넣어 지진 김치찌개나 솔[69]을 많이 넣고 풋고추로 매움하게 담은 까지김치를 담는 날은 내가 소나기밥 먹는 날이다. 뭐든지 곱빼기로 소나기가 쏟아지듯 걷잡을 수 없이 밥을 맛있게 먹는다고 나를 '소나기밥 대장'이라고 했다.

메주 만드는 계절이 오면, 노오란 콩을 삶아 김이 '펄-펄-' 날 때 학독에 부어 달 속의 토끼마냥 열심히 절구를 찧는데, 솥에서 나온 콩을 '훌-훌-' 불어가며 입에 넣으면 은근히 훈훈하고, 나도 뭔가 장맛을 돋우는 일꾼이 된 듯한 기분이었지만 사실은 엄마한 테는 걸거치고[70] 도움이 안 되는 우리였다. 콩 반죽이 끝나면 콩 으로 벽돌을 찍어내듯 메주 모양이 잡히는데, 볏짚을 깐 커다란 싸리 채반에 받쳐 장독 위에 올려 말린 후에 가로세로 지푸라기 줄로 매어서 집안 여기저기에 걸어놓는데, 우리 방 선반 위 벽에 도 몇 덩이가 구린내를 피우며 말라갔다.

메주를 띄워 장도 담그고 된장도 고추장도 만든다는데 금이 나 서 갈라지고 상형문자가 생겨나면서 허연 곰팡이도 생긴 메주가 어떻게 맛있는 장이 되는지 모르겠지만 그건 엄마의 일이겠다. 길쭉한 고추장 항아리가 응접실 옆으로 나가는 마루에서 그해 우 리 집 고추장 맛을 들이는데, 엄마가 때를 맞춰서 저어주고, 나도 때를 맞춰 아무도 없을 때 살살 항아리 뚜껑을 열어 깨끼손가락[71] 으로 고추장을 찍어 먹었다. 그때마다 "올해도 우리 집 고추장 시 험 통과인가?" 하고 점수를 매겼다. 깨끼손가락으로 쑤셔낸 자국 에 엄마가 "우리 집에 풋[72]병에 쥐 들락거리듯[73] 고추장 항아리에 들락거리는 고추장 귀신이 있는가 보다."라고 하셨다.

시장에서 파는 왜간장도 있는데 반찬, 특히 국 맛은 조선장이라야 확실하다고들 어른들이 말했다. '왜'가 붙은 것은 다 몹쓸 거라고 배웠는데 간장도 몹쓸 건가? 하얀 밥에 소금 뿌리고 참기름 발라 구운 김에 싸서 왜간장을 조금 찍어 바르면 그것도 소나기밥 감인데. 우리 집 참기름은 엄마가 집에서 깨를 볶아 방앗간에서 직접 짜서 받아낸 거라 유난히 고소하고 찐득했다. 햇김이 저녁상에 처음으로 나오면, 우리는 김으로 빨리빨리 밥을 싸 모은 다음에 저녁을 먹기 시작했다. 조금 늦으면 김이 순간적으로 다른 밥그릇으로 들어가 버리니 철저한 술수로 전투에 나서야 했다. 김 한 톳도 입 많은 우리 집에서는 어림도 없었다.

우리나라에 쳐들어와 우리 동포를 못살게 해서 뭐든지 '왜'자가 들어가면 불량품이 되어버린 것이다. 우리 엄마는 못된 용심을 '시마구니곤조'[74] 같은 거라고 하셨다. 무슨 뜻인지도 몰랐지만 나도 친구들이랑 돌차기 갱까[75]하고 놀 때 친구가 금을 밟고도 안 밟았다고 억지를 부리면 여지없이 '시마구니곤조'라고 퍼부어 주었다. 짝꿍이 자기 지우개를 많이 썼다고 터덕거려 내가 "2원만 주면 살 수 있는디" 하면서 책상 가운데에 금을 그어 놓고 넘어오기만 하면 '시마구니곤조'라고 쏘아 댔다. 요안나도 그 말에는 지지 않고 달려들어 며칠 동안은 서로 아는 척도 하지 않았다. 뜻도 모르는 욕이지만 욕의 구실은 충분히 했다.

우리 집 대문을 들어서면 왼쪽은 부엌, 오른쪽은 꽃밭이었다.

꽃밭은 좁장하지만[76] 아쉬울 것 없이 길다랗게 뻗어 옆집 담까지 이어지고 그 다음에는 엎드려 누운 기역자(ㄱ)처럼 왼쪽으로 굽어져 계속되었는데, 거기서부터는 정원이라고 불렀다. 정원의 바둑돌 덩어리가 마지막으로 걸려있는 뒤쪽에는 자갈이 깔린 위에 우리 집 장독대가 자리 잡았다. 꺽다리, 난장이, 틉틉하거나[77] 반짝거리거나, 짙은 밤색 아니면 옅은 밤색, 서영춘처럼 훌쭉하거나 백금녀처럼 뚱뚱한 장독들이 옹기종기 장독마을을 꾸몄다. 맨 뒤쪽에 자리 잡은 항아리들은 알리바바 도둑들이 숨어들어가고도 남을 만큼 커다랗고 웅장하였다. 엄마는 이 큰 독에 메주를 띠워 장을 담그셨고, 늘 습기 없이 보관해야 하는 미역도 큰 항아리 몫이었다. 옛날에는 사람이 죽으면 큰 도가리[78]에 넣어 묻었다는데, 장숙이도 예쁜 도가리 속에 있을까?

오시-레가 집 안 엄마 생활의 중요한 곳이었다면, 밖에서의 살림터로는 뒤뜰이 한몫 했다. 내가 중학교 2학년때 찍은 사진을 보면, 엄마의 살림터를 잘 볼 수 있다. 장독대, 닭장, 빨래줄에 걸린 빨래, 빨래줄을 높이 치켜대는 장대, 영광굴비, 무시말랭이나 김부각을 말릴 때 쓰는 평상에다, 무더운 밤에 우리가 잤던 평상과 내가 타고 골목길에 나갔다가 세탁소 앞에서 차랑 부딪쳐 큰 사고 날 뻔한 자전거도 옆에 보인다.

꽃밭하고 정원은 구별해서 말했는데, 원래는 앞뜰, 옆뜰 다 꽃밭이었다. 그런데 어느 날 기역자로 꺾어진 그 부분에서부터 하

내가 중학교 2학년 때 찍은 우리 집 살림꾼

얀 분필로 동그란 줄, 모진 줄 등이 들어갔다 나왔다 하면서 줄이 그려졌다. 그 뒤 일꾼 아저씨들이 흙도 날라오고, 크고 작은 바위도 끌어오고, 연못도 파내서 정원이 생긴 것이다. 정원에는 사진 찍을 때나 들어갔으며, 친구들이랑 같이 하는 빠끔살이[79]는 꽃밭이 최고였다. 봄에는 금잔화, 해바라기, 접시꽃 씨앗도 꽃밭에 뿌렸는데, 찔레꽃 담장 밑으로 봉숭아꽃, 분꽃, 맨드라미, 나팔꽃, 앵두나무, 뙤깔[80], 그리고 엄마가 좋아하시던 사루비아 꽃에 마무리로는 채송화가 꽃밭을 둘러냈다. 엄마가 아버지 안경 닦으실 때 쓰시라고 만든 가제[81] 손수건을 코바늘로 색색이 다른 실로 뽀록뽀록 꽃잎처럼 둘러 마무리를 하듯이. 외갓집은 꽃밭이 널찍해서 이른 봄에 개나리, 수선화가 피었고, 4월 말이 되면 목련꽃, 초여름에는 백합꽃도 예쁘게 피었지만, 우리 작은 꽃밭도 절대 뒤지지는 않았다. 앵두나무는 징그러운 송충이가 득실거려 성가스러웠지만 조그만해도 시시달콤한 맛의 앵두 따 먹는 재미에 해마다 송충이 곤욕을 치르면서도 앵두꽃이 피면 목이 빠지게 열매가 열리기만 기다렸다.

봉숭아꽃으로는 손톱에 빨간 물을 들이고, 분꽃은 코티분 백분 없이도 흰 복숭아처럼 하얀 얼굴을 가꿀 수 있는 지름길이었다. 봉숭아 꽃을 단단한 돌로 이껴낸 다음 소금을 섞고 어렵게 구해온 백반까지 반죽을 하여 조금씩 손톱 위에 잘 맞추어 얹은 다음 이파리로 싸매어 자방침[82] 실로 잘 때도 벗겨지지 않게 감아

정원에서 꼬마 동생과

두면, 그다음 날 미장원에 가서 다듬은 우리 엄마 손톱처럼 빨갛게 되었다. 손톱이 자라 빨강색이 조금씩 떨어져나가다 다 없어지면 다음 여름이 오기를 기다려야 하지만 주머니돈 아껴서 학교 앞 가게에서 새로 나온 매니큐어 약으로 사고 칠 일은 없으니 안

심할 수 있다. 유난히 새뜻한[83] 꽃분홍색 매니큐어 약을 문방구
에서 사다 나의 비밀 틈새기에 숨겨 놓았다. 나의 비밀 틈새기라
고 해봐야 앉은뱅이 책상 서랍 맨 뒤에 숨겨 감추는 것이었다. 씹
다가 단물이 다 빠진 껌도 그 서랍 천정에 살짝 붙여놨다가 입이
심심하면 다시 떼어서 씹었다. 어렵사리 내 손에 들어온 미제 껌
쥬시푸레시는 특히 두고두고 붙여놨다 씹다가 다시 붙여놓는 일
이 되풀이되었다. 그래서 그 책상의 역할이 컸는데, 그날은 손님
올 때만 쓰는 응접실은 우리 집에서 제일 한가한 곳이라 슬쩍 들
어가 손톱에 매니큐어 약을 칠하다가 병을 엎질러 새로 갈은 비
니루 장판을 순식간에 망쳤다. 오래된 다다미를 치우고 새로 넣
은 엷은 벽돌색으로 가느다란 줄무늬가 빗살처럼 처진 신식 비니
루 장판에 그려진 꽃분홍 지도는 닦으면 닦을수록 더 새뜻해지고
아무리 날이 지나도, 내가 5학년에 올라갈 때까지도 그대로 남아
있었다.

　오이 같은 눈에 뽀오얀 살갗이라야 황진이나 장희빈같이 된다
는데 내 눈은 쌍꺼풀이라 오이하고는 거리가 멀어 좀 틀리기는
해도 뜰의 분꽃 씨 가루로 어른들이 말하는 피부 관리는 해볼 일
이다. 피부는 어디로 안 가고 항상 붙어있는데 왜 관리를 해야 하
는지 모르지만, 이모도 엄마도 햇빛만 나면 양산부터 들고 나서
니 검게 타는 것은 피부 관리에 게으른 것 같다. '분'꽃이니까 까
만 씨를 쪼개 갈아서 하얀 분을 만들어 얼굴에 문져 보고, 빠끔살

이 할 때는 떡가루로도 쓸 수 있었다. 심심하면 주홍색으로 익은 뙤깔을 따서 조심스럽게 속을 긁어낸 다음 입에 넣고 스르르 공을 차듯 혀로 이리저리 보내면서 지긋이 입술에 대면서 눌러주면 피리 소리가 나왔다.

오빠가 읽는 《쿼바디스》라는 소설책 책가위에 '빨간 바지에 검정 쟈켙을 입은 사내애가 불고 있던 피리'처럼[84] 오빠는 내가 동화책 읽기를 좋아하는 것에 맞추어 서울에서 올 때마다 책을 사다주었다. 3학년 때에 《황금새》, 《세 가지 보물》, 《동생을 찾으러》, 《진달래와 철쭉》 등 많은 책을 읽게 되었다. 오빠는 두꺼운 소설책을 들고 와 서울서 오는 기차에서 읽고 방학 때 다 읽으면 집에 두고 갔다. 알아들을 수 없는 제목은 《쿼바디스》뿐만 아니라 《아이반호》, 《카라마조프가의 형제들》, 《노틀담의 꼽추》도 있었다.

대나무로 짜인 책꽂이가 책이 늘어날수록 기우뚱해지고 넘어질 것 같아 엄마가 벽에 못을 치고 책꽂이를 묶어야 했다. 나는 오빠처럼 아는 것도 많은 멋있는 사람이 되려고 가끔 책꽂이를 층층이 손가락으로 실로폰 치듯 드르륵 긁어보며 제목이라도 외우려 했지만 하나 외우면, 다른 하나는 기억에서 사라져, 무작정 외우기는 쉽지 않았다. 그렇지만 그런대로 두꺼운 녹색 카바[85]로 나온 '세계고전시리즈'에는 많이 익숙해졌다.

빨간 사루비아 꽃을 따서 하얀 끝마리를 후르르 빨면 달보드레

한데, 엄마가 좋아하는 꽃을 한꺼번에 다 따먹는 건 얌체 같아 아껴서 특별한 날에만 따먹기로 했다. 사루비아 옆에는 난초도 있었는데 잘못 건들었다가는 치마에 남색물이 들어 우리 집 응접실 비니루 장판처럼 흠집이 남을까 봐 다른 꽃들처럼 같이 놀 수 있는 상대는 아니었다. 난초가 꽃밭과 정원을 가르는 삼팔선이 되었다. 보초는 없지만 산 계곡에서나 볼 수 있는 큰 바위 덩어리가 돌하루방처럼 "여기부터는 정원이요, 함부로 들어오지 마시오!"라고 지키는 듯해서 우리도 정원 속은 들어가지 않았다.

정원 속에서는 빨간 칸나 꽃, 엷은 주홍색의 글라디올러스, 가을이면 뾰쪽한 바위 옆의 단풍나무도 도리도리 짝짜꿍 하며 흔드는 아기 손 같은 빨간 이파리가 하늘거렸다. 무화과나무도 있었는데 그 잎 모양이 색다르고 아름다워 식물 채집에는 서너 개를 모아 둥글둥글한 모형을 짜서 붙였다. 오빠가 그러는데 무화과는 열매가 꽃이라는데 무슨 그런 말이 있는지 모르겠다. 꽃은 꽃이고 열매는 꽃이 시든 후에 생기는 건데. 우리 무화과는 한 번도 열매가 생기지 않아 꽃도 '무'고 열매도 '무'인 나무였지만 유치원 때 신부님이 무화과가 이 세상에서 제일 오래된 나무라고 하신 게 생각난다. 그러면 이성계가 나라 세울 때도 무화과가 있었던 것인가?

우리 담장의 찔레꽃처럼 은은한 엷은 분홍색의 연꽃은 동그라미 잎사귀 사이에서 피어났다. 나는 그 조용한 우아함에 연못 옆

바위에 앉아 오랫동안 넋을 잃고 바라보았다. 연꽃은 6월 중순에 활짝 피는데 난 일기에도 꽃들이 피고 지는 것을 보고하였다. 3학년 7월 4일 일기에는, "나팔꽃 기어 올라가던 것이 비가 오니까 쓰러져서 나는 나팔꽃이 가엾어 다시 올라가던 그대로 하여 주었다. 이젠 나팔꽃도 기분이 좋으니 방긋 웃고 있지요."라고 썼다.

연못에서는 딱정벌레들이 연꽃잎 배에 올라탔다 내렸다 하고, 소금쟁이가 그 사이를 썰매 타듯 미끄러져가는 것도 연못의 하루 일과였다. 아버지 심봉사 눈 뜨게 하려고 공양미 삼백 석 대신 물에 몸을 던진 심청이도 용왕이 연꽃에 태워 다시 이 세상으로 돌아왔는데 우리 연꽃 속에도 심청이가 있을까? 연못은 겨울이 되면 위를 걸어다녀도 꺼떡없이 꽝꽝 얼어붙었다. 그러나 심청이 꽃도 붕어도 봄이 되면 다시 그대로 돌아왔다.

심봉사와 피노키오

효녀 심청이 이야기는 유치원 때부터 많이 들어 심봉사가 개천에 빠질 무렵, 심청이가 인당수에 몸을 던질 무렵에는 지레 눈물부터 흘러나왔다. 나는 앞이 안 보이는 심청이 아버지 심학규가 어린 딸 위해 동네마다 동냥젖을 구걸하는 것도 짠했고,[86] 개천 물에 빠져 허덕이는 장면을 떠올리면 가슴이 찌르르 아파왔다. 아버지들이 특히 딸 때문에 수모 당하는 것은 어쩐지 더 맘에 걸리고 가여웠다. 아버지를 많이 닮은 셋째딸이라 그랬을까? 연탄 아궁이를 수리하며 어렵게 살아가는 가난뱅이 김승호가 추레한 꼴로 부잣집으로 시집 간 딸래미 보러 갔다가, 홍차 대접을 받을 때, 처음으로 보는 홍차 봉다리[87]를 어떻게 해야 되는지 몰라 망설이다 찢어 부어 찻잔 속이 온통 까맣게 된 걸 이리저리 저어 차를 마시려는 걸 사돈네가 보고 비웃는 것을 영화[88]에서 봤을 때도 측은해서 가슴이 뭉클해졌다. 사돈이 우리 엄마처럼 유자차를 냈으면 좋았을 텐데…. 나도 효녀 심청이처럼 아버지를 위해 공양미 대신 물속으로 뛰어들 수 있을까? 인당수는 어디에 있는 물인가? 헤엄이 서투른 난 여름방학 때 고래 전시회에서 보았던 큰 고래 속으로 들어가면 될까?

영화는 라디오 연속극이 아니라 얼굴을 보게 되니 나는 더 쉽게 울보가 되었다. '저 하늘에도 슬픔이'[89]를 보고서는 눈이 퉁퉁 부어 며칠 동안 가라앉지 않고 다래끼 난 눈처럼 빨갛게 부풀어 올랐다. 세상에 무슨 그런 슬픈 이야기가 있는지 알 수 없는 일이었다. 이윤복은 우리 선생님 말처럼 하루하루 생각하며 일기를 쓴 것이다. 나도 윤복이처럼 껌도 팔고 구두도 닦아 동생들을 돌볼 수 있을까? 구두닦기 통을 메고 이 동네 저 동네 돌아다니다 텃세하는 구두닦이들한테 몰매를 맞으면서도 동생들을 보살핀 것이다. 그래 나도 윤복이처럼 동생들을 꼭 감싸고 지켜야 된다.

하루는 외갓집에 놀러갔다 이모 방 장롱 위에 유리 곽 속에 곱게 간직된 인형들을 보고 상상의 날개를 펴고 있는데, 이모가 숙제부터 끝내라고 해서 동생이랑 공책을 펴냈다. 이모가 나가자마자, 동생이 "나 배 아파, 몇 줄만 적어주라." 해서 동생은 돌봐야 하니까 국어 책 몇 줄을 베껴주었다. 띄어쓰기, 받침 공부 되라는 국어 책 베끼는 숙제였다.

이모는 동생 공책을 보자마자 "왜 숙제를 해줬냐?"고 물었다. 어떻게 알았을까? 내가 아무 말도 안 했는데. 나는 질세라 끝까지 안 써줬다고 우겼다. 중학교 수학 선생님이셨던 이모는 나에게 무릎을 꿇게 하시더니 그때부터 집으로 돌아올 때까지 거짓

영화 '저 하늘에도 슬픔이'의 포스터

말이 이 세상에서 제일 나쁜 것이라고 호통을 치셨다. 우리 엄마
도 똑같은 말을 하셨는데…. 나는 이모가 무서워서 코 빠트리고
고개 숙인 채로 아무 말도 못했다. 그 뒤로 한동안은 엄마가 미
역 보따리나 명란젓을 외할머니 외할아버지 드셔보시게 갖다드
리라고 하셔도 비실비실 핑계 대면서 피하기만 했다. 그렇게 지
내던 어느 날, 중앙극장에 '피노키오'라는 영화를 보러 식구가 다
나섰다. 피노키오는 거짓말을 할 때마다 코가 길어졌다. 나는 거
짓말을 하고 끝까지 잘못했다고도 안 했으니 내 코는 피노키오보
다 몇 배로 더 길어날까? 코는 귀하고는 달라 코 모자나 코 덮개
로 가릴 수도 없고, 가리면 숨도 쉬지 못하여 쓰러질 텐데. 난 코
를 잡고 얼마나 오랫동안 숨을 안 쉴 수 있나 내기해서 이겨본 적
이 없었다. 난 거짓말쟁이라 언제부터 코가 길어질까?

난 거짓말쟁이다. 무슨 말이던 '장이'나 '쟁이'가 붙으면 망친
거다. 싸움쟁이, 빚쟁이, 게으름쟁이, 싸납쟁이, 깍쟁이, 허풍쟁
이…. '뱅이'도 별로다. 주정뱅이, 가난뱅이…. 장돌뱅이는 너무
고달프고, '꾼'도 틀렸다. 사기꾼, 노름꾼…. 꾸러기도 안 된다. 잠
꾸러기, 욕심꾸러기, 엄살꾸러기…. '보'도 별로다. 술보, 뚱뚱보,
먹보, 울보…. 그래도 '벌레'는 좀 나은 것 같다. 공부벌레…. 세종
대왕이 어려운 중국 한자에 시달리는 우리 백성을 불쌍히 여기셔
서 쉽게 배울 수 있는 우리말을 만드셨다는데 피해야 할 말이 여
기저기 숨어 있어 나도 '쟁이'에 걸린 거다.

언젠가 3학년 때 숙제로 가훈이 뭔지 알아오는 것이 있었다. 엄마는 세상에서 제일 중요한 것은 정직이고 거짓말 안 하고 사는 것이 우리 집 가훈이라고 하셨다. 나는 벌써 학기 초에 거짓말 하다가 선생님한테 들킨 후부터는 우리 집 가훈대로 살겠다고 맘을 먹었는데, 동생 때문에 또 '쟁이' 신세가 되었다.

4학년 5월의 부끄러운 일은 선생님이 엄마한테 안 일러 회초리는 피했지만 지금도 생각하면 엄마 보기가 미안해진다. 사회생활 시험지를 서로 바꿔 점수를 매기는데 내 시험지를 맡은 경혜에게 아깝게 틀린 문제 하나를 그냥 똥그라미 쳐달라고 살짝 말하고 얼른 부채 모양으로 된 분홍색 머리핀을 살며시 쥐어주었다. 그거 하나만 맞으면 백점이라 욕심을 낸 거다.

작전이 잘 돌아갔는데 촉새 같은 정미가 봐버렸다. 백점 맞는 것은 물거품처럼 사라지고 학교 파하고 남으라는 선생님 말에 가슴이 철렁 내려앉았는데, 그때 선생님하고는 어려운 시간을 갖게 되었다. 얼마나 부끄러웠는지. 지금도 고이 지키고 있는 1학년 때 통신표에는 담임선생님이 '아동발달에 대한 종합의견' 칸에 '거짓이 없고, 조금도 악의가 엿보이지 않습니다.'라고 적어 넣으셨다. 그런데 그동안에 거짓말도 하게 되고 악의도 생긴 건가? 다른 것보다도 엄마 아버지 얼굴에 똥칠한 게 맘에 걸렸다. 엄마가 못된 것을 '시마구니곤조'라고 하듯, 아버지는 제일 나쁜 것은 '똥걸레'라고 하셨다. 5월의 그날 내가 한 짓은 똥걸레였다.

영화 '길은 멀어도 마음만은'의 포스터

그래, 이번에는 동생 때문이었으니까 오줌걸레에서 끝날 수 있을까? 똥걸레도 오줌걸레도 피노키오도 잊고 내가 좋아하는 영화, 마리솔이 신나게 노래하는 장면들이나 생각해 볼 일이다.[90] 마리솔은 앞니빨 두 개 사이가 벌어진 장난꾸러기 같으면서도 머리를 양 갈래로 땋아 내린 천진한 얼굴이다. 그런데 그 우렁찬 목소리는 어디서 나오는지? 노래를 잊지 않으려고 다장조 스케일로 외웠다. 친구들하고 조랑말을 타면서 부르는 '꼬레 꼬레 카발

리오’ 아니면 ‘카발리토’였든가?[91] 하여튼 그렇게 시작하는 노래
는 ‘솔솔솔솔 라-솔미도, 솔솔솔솔 라-솔파레’로 머리에 집어넣
어 지금도 가사는 ‘꼬레 꼬레 카발리토-’까지지만 그 후는 ‘랄랄
랄라’로 연결해 나갈 수가 있다. ‘창’이나 ‘땐스’를 달갑지 않게 여
겼던 우리 외할머니와는 달리 마리솔의 할아버지는 마리솔의 춤
과 노래에 이끌려 손녀에 대한 사랑이 생겨나기 시작했는데, 나
는 춤추는 것도 흉내 내어 손목을 이리저리 동그랗게 돌리면서
꺾고 엄지와 가운데 손가락으로 내는 손딱딱이[92]로 흥을 우려내
고 발도 박자에 맞춰 통통 치면서 마리솔 흉내를 내보았다. 꽃뿌
리 나갈 때 입었던 층층이 드레스에 손딱딱이만 있으면 나도 마
리솔처럼 나서볼 수 있겠다. 마리솔의 노래만큼이나 맘을 사로잡
은 것은 ‘아빠와 함께 춤을’[93]이란 노래였는데, 아빠한테 안겨서
춤을 출 때의 꼬마의 꺄르르 하고 웃는 소리는 세상에서 그 이상
행복한 순간은 없다는 표현이었다.

　프랑스 노래라는 오빠 말을 듣고, 나는 크면 미국보다는 먼저
프랑스에 가서 그 멋있는 말부터 배워야겠다고 다짐했다. 난 가
야될 곳이 점점 늘어나고 있지만 날 데려다줄 구름이 있으니까
걱정이 없다. 민숙이가 그러는데 세상에서 제일 잘생긴 남자는
프랑스 배우 아란 드롱이라는데, 얼굴을 보지 않았어도 이름만
들어도 민숙이 말이 맞는 것 같았다. 그때까지는 빨간 마후라를
맨 신영균이 제일 멋있다고 생각했었는데. 부르기는 입으로 한

입이라 안 잊으려고 안 돌아가는 혀를 탓하면서 몇 번이고 연습
하여 요안나한테도 가르쳐 주었다. 아란 드롱이라고.

　나도 '아빠와 함께 춤을?' 그런데 우리 아버지 춤추는 것은 한
번도 본 적이 없어 아버지랑 같이 '하나, 둘, 셋, 하나, 둘, 셋, 옆!'
하는 것은 별로 상상이 안 되었다. 춤은 못 배웠지만, 해수욕 갔
을 때 헤엄치는 것도 아버지를 따라 배웠고, 자전거 타는 것도 아
버지가 가르쳐주셨다. 춤은 내가 무용시간에 열심히 배워 아버지
가르쳐 드릴 거다. 아니면 "아리아리랑 스리스리랑 아라리가 났
네!"하면서 어깨를 으쓱으쓱 올렸다 내렸다 하고 몸을 뺑뺑 돌리
면 우리도 "아빠와 함께 춤을" 추는 것이다.

세수 안 한 이모와 서울 가기

이모한테 거짓말 한 뒤로 이모가 우리 집에 놀러 올까 봐 안절부절 하고 있었는데, 여름방학이 시작된 며칠 후에 이모가 무릎하고 발목 중간으로 잘라낸 곤청색 신식 한복치마, 엷은 노랑저고리에 하얀 뾰쪽 구두를 신고 양산으로 뙤약볕을 가리면서 우리 집에 들렀다. 어른들 하는 말로는 찝게로 빼어 낳아 어릴 때부터 몸이 가냘픈 사시랑이[94] 팔자여야 되는데 외할머니 닮아, 머리 빨리 돌아가는 것하고, 말빨 센 것은 아무도 따라갈 수 없는 이모였다.

외할머니께서는 외삼촌 장가 보낸다고 서둘러 뚜쟁이를 들여 선을 보러 나온 색시랑 색시 엄마의 얼굴에 구멍이 뚫릴 정도로 한참 훑어보신 후, "대관절 알고나 봅시다, 어느 쪽이 색시요?" 하고 물으셨단다. 그 밑에서 자란 우리 엄마랑 이모였다. 이모는 수학 선생님이라 더 틀림이 없었다. 다섯 살 때, 동네 할아버지가 "아 그 녀석 예쁘게 생겼다."라는 말에 "아직 세수도 안 했는디[95]…."라고 대답을 했다고 하여 '세수 안 한 이모'라고 부르게 된 것이다.

그런 이모가 오셔서 엄마에게 날 몹쓸 것이라고 일러바칠 것을 걱정하고 있었는데, 뜻밖에 나랑 동생이랑 서울 구경 데려간다는 신나는 소식을 전했다. 우리나라에서 제일 큰 동네, 대통령이 일하는 서울에 나도 드디어 가게 되었다. 언니들은 방학 되면 서울에 사는 큰외삼촌을 따라 서울 구경 갔지만, 우리는 더 커야 데려간다고 했었다. 기차 타고 먼 서울 여행을 한다고 생각만 해도 가슴이 설렁거렸다. 떠나는 날은 아침부터 빨리 서울에 가고 싶어 서둘렀는데, 기차는 9시 48분 출발이었다.

함열에 도착했을 때, 새벽에 거기서 탈선한 기차를 고치느라 몇 시간이나 기다려야 했다. 너무 더워 땀으로 목욕을 하면서 지루함을 달래보려고 했지만, 마른 오징어 발을 씹어가며 싸온 여름방학 공부 책을 들여다보는 것은 신물증이 나고, 동생이랑 종이접기놀이 하는 것도 지쳐버렸다. 기차가 굴속으로 들어갈 때는 더 시끄럽고 날라 붙은 석탄가루에 얼굴이 정말 세수 안 한 꼴인 게 분명했다. 어둑어둑해지면서 한강 인도교의 불빛이 보일 때 "드디어 서울이다."는 생각에 다시 맘이 설레기 시작했다. 기차 속에서 한나절 지낸 값으로 이모는 217원을 돌려받았다. 반짝이는 셀로판 봉투에 넣어진 빳빳한 새 돈 217원. 우리는 반 표라 아무것도 못 받아 억울했다. 택시를 잡아타고 서울에서 은행에 다니는 큰외삼촌네 집으로 달렸는데 그다음 날 이모랑 경복궁과 비원[96]에 가기

비원에서 소나무와 함께

로 약속했다.

　그다음 날부터 이모가 이것저것 계획 짠 데로 전차도 타고 버스도 타고 가서 구경했다. 빨강색 밑에 엷은 노란색으로 뺑끼칠[97]해진 버스는 정거장마다 번갈아가며 와서 우리 동네 사거리에 가끔 다니는 버스하고는 비교가 안 되었다. 우리 집에서는

세수 안 한 이모랑 창경원에서

어디를 가드라도 걸어서 가고 버스를 타고 갈 곳은 어디였던가. 더구나 코로나 택시는 역에 갈 때 처음 타봤다. 서울서는 어디를 가드라도 버스나 전차 신세였다. 전차 101번 타고 가면서, 기차도 아니고 버스도 아닌 전차를 처음 타본 것도 민숙이한테 자랑해야겠다고 맘을 먹었다. 사람도 많고, 차도 많고, 손수레도 많고, 자전거도 많아 교통순경 아저씨 팔이 정신없이 올라갔다 내려갔다 굽혔다 폈다를 번갈아 하면서 아주 바쁘게 움직였다. 어디를 가도 사람이 많은 게 서울이었다. 이렇게 사람 많은 곳에서 시달리는 것을 사람멀미라고 하는가 보다. 한번은 우리가 탄 버

창경원 놀이터 앞에서

스가 엉키고 성긴 실타래마냥 꽉 막힌 교통 아수라장에 빠져 기다리다 못해 버스에서 내려 물어물어 창덕궁을 찾아갔었다.

'남이장군'이라는 영화를 찍는다고 거기도 북적대어 나의 긴 모가지도 별 수가 없었다. 창경원[98]에서도 바글대는 북새통을 뚫고 코끼리, 기린, 원숭이, 호랑이, 사자…. 우리 교실 뒤에 헝겊으로 만든 숲속의 동물 세계를 내 눈으로 직접 다 보았다. 할머니랑 같이 동생하고 서커스 구경 갔을 때 코끼리, 사자, 호랑이는 본 적이 있지만, 우리가 교실에 만든 동물 세계에는 없었던 공작이 화려한 양단 날개를 활짝 편 것도 놓치지 않았고, 홍학들의 무용도 내 단발머리가 다 헝클어지고 엉망이 되도록 꽉 찬 사람들 틈 사이로 나의 기린처럼 긴 모가지를 내밀어 지켜봤다. 그런데 창경원의 호랑이는 왠지 힘이 없어 보였다. 호랑이 그림만 걸어놔도 온갖 잡귀나 병들이 무서워서 다 도망간다고 했는데 그 사나운 호랑이들은 다 어디로 가버린 건가. 지리산이나 태백산 속에 깊숙이 들어가면 아직도 호랑이가 담배 피우면서 기다리다가 때를 맞춰 팥죽 할멈네 집에 찾아와 꿀맛 동지죽을 넙죽넙죽 받아 먹으려나? 우리는 호랑이를 무서워해서 엄마, 아버지도 못된 사람은 호랑이가 물어갈 놈이라고 하셨는데…. 코끼리는 코가 정말 신기했다. 코끼리 코 속에는 우리들 코처럼 뼈가 있을까? 방앗간에 가면 길고 작은 파이프들이 이리 가고 저리 돌고 하면서 떡방아 찧듯이 코끼리의 코뼈도 제 갈 데를 알고 돌아가 뿌리가 깊은 풀도 뜯어내고 나무껍질도 긁어 벗겨내는가 보다.

백조는 하얀데 홍학은 왜 분홍인가? 기린은 걸을 때 왜 같은 쪽 두 발이 함께 나갈까? 우리 반의 미자도 우리 선생님이 체육 시간에 아무리 설명해도 기린처럼 같은 쪽 손발을 내밀며 걸어 단체로 운동장 한 바퀴 돌 때면, 박자를 맞출 수가 없어 우리를 헷갈리게 하고 보기도 우스꽝스러웠다. 타조는 날지도 못하면서 날개는 왜 달고 있는가? 동물의 왕인 사자는 좁은 울 안에 갇혀 으르렁대 봐야 동물의 왕 노릇은 하기 힘들겠다. 이 모든 궁금증에서

한강다리에서 동생이랑

풀려나려면 동물의 왕국, 아프리카에도 가야겠다. 그런데 거기에
는 사람 잡아먹는 식인종이 득실거린다는데 나도 의사 까불이처
럼 식인종 병도 고쳐주면 잡아먹지 않을 것인가?

  한강다리[99]에 올라 한강물이 흘러가는 것을 보는데, 이모가 전
쟁 났을 때 다리를 부서뜨려 많은 사람이 다리를 못 건너 서울에

간히게 되었다고 했다. 난 전쟁 말만 들어도 무서웠고, 비행기만 날아가도 폭탄 던지러 오나 싶어 비행기 나르는 소리는 제일 무서운 소리의 하나였다. 그런데 우리나라는 왜 두 동강이 났을까? 토끼 허리를 잘라 놓으면 토끼가 깡충깡충 뛸 수도 없으니 제 구실 못할 것 같은데. 머리는 한쪽에 가슴은 다른 쪽에 있으면 생각하는 것과 느끼는 것이 안 맞을 텐데. 핏줄은 우체부 아저씨가 편지를 여기저기 전해주듯 영양분도 산소도 몸 곳곳에 물어다 준다는데, 허리에서 핏줄이 동강나면 우리 토끼는 어떻게 되는 건가? 짝꿍하고 싸워 책상에 삼팔선을 긋고 서로 넘어오면 안 된다고 호통 치다가도 화가 풀리면 삼팔선도 지우고 다시 친한 짝꿍이 되는데, 우리는 삼팔선 지우고 깡총깡총 뛰는 토끼가 될 수는 없을까? 한강이 우리나라에서 제일 큰 강 가운데 하나라는데, 큰 강은 처음으로 본 것이다. 동생이랑 손 잡고 엄마가 서울 간다고 유한양행에서 사준 소대나시[100] 분홍색 원피스 입고 한강 다리 위에서 찍은 사진을 보면 여기저기 많이 걸어 검정 운동화 주둥이는 허연 흙 자국이 한 뭉치다.

하루는 구경도 하고 엄마 선물도 살 겸 미도파백화점에 들렀는데 유한양행은 지금 보니까 하꼬방[101]이다. 엄마가 좋아하는 잔잔한 꽃무늬가 박힌 손수건 하나 고르는 것도 쉽지 않았다. 이것도 맘에 들고 저것도 맘에 들어서. 보라색으로 골랐는데 우리 엄마는 땀 나면 조그마한 지갑 속에서 예쁜 손수건을 꺼내 가볍게 척

척 찍어내듯 땀을 닦았다. 분꽃 분가루가 안 흩어지게 얌전하게. 반짝거리는 머리핀도 하나 사고 싶었지만 이층 단발에는 별 수가 없고 이모한테 아직은 그런 말하기가 이른 듯해서 참고 넘겼다. 미도파에서 나와 명동 샛길도 이리저리 훑어보는데 이모가 호떡 집 앞에서 "호떡 먹고 가자."라고 하는 말에 귀가 번쩍 뜨였다. 우리 동네 붕어빵은 속에 앙꼬가 들어 있었지만, 명동의 호떡은 동그랗고 납작하고 뜨근뜨근하여 한 입만 물어도 입안으로 달디 단 꿀맛이 퍼졌다. 그래서 이모가 나에게 '(거짓말)쟁이' 노릇한 것을 혹시 용서해 주는 것인가 하는 희망을 주었다. 이제는 다시 '쟁이'는 안 할 거다. 그런데 그다음 날 아침에 또 사고친 꼴을 이모한테 보이게 되었다. 집에서는 이빨 상한다고 못 마시게 하는 칠성사이다를 많이 마셔서인가? 아니면 꿈에 본 하마 탓인가? 아니면 사람멀미에 부대껴서인가? 홑이불이 뜨끈해서 일어나보니 일은 이미 터진 것이었다. 챙이 쓰고 옆집에 소금 받으러 가야 되나 하며 조마거리는데, 이모가 "아무일도 아니다." 하며 홑이불을 들고 나갔다. 그날도, 그 뒤로도 이모는 내가 '싸개'가 된 것을 단 한 번도 이야기하지 않았다.

서울서 제일 놀라운 것은 테레비[102]였다. 나는 전화를 걸면 어떻게 사람 목소리가 줄을 타고 다른 집으로 가는지도 아무리 생각해도 모르겠는데, 그것보다 더 테레비는, 어떻게 사람이 작은 통에 들어가 있는지는 '전설 따라 삼천리'의 이야기보다 더 희한

한 일이다. 우리 동네에 불[103]이 나가면[104] 얼른 대나무 받침대에 올려있는 전화로 항상 축구소[105]에다 불 언제 들어오느냐고 물을 수 있는 것도 내 목소리가 줄을 타고 축구소로 가기 때문이었다. 엄마는 얼른 작은 의자에 올라가 퓨즈통을 열어 퓨즈가 떨어졌나부터 살핀 다음 혼자 쓱싹 퓨즈도 갈아내었다. 엄마 손은 에디슨 손. 그런데 불하고 축구하고는 무슨 상관인지는 5학년이 되어서야 알게 되었다. 오빠 친구 집에 따라갔다가 처음으로 사람들이 들어 있다는 테레비를 봤다. 어린이 시간에 사계절이 각각 어떻게 다른가를 두 소녀가 이야기하는 프로그람이었다. 함박눈이 '펄-펄-' 내리는 겨울이 어떻게 테레비 속에서 나오는지는 이해할 수 없었다. 오빠 친구가 사람이 속에 들어갔다 프로그람이 끝나면 나온다고 해서 나오는 것 보려고 기다렸지만 저녁이 되어 포기하고 돌아왔다. 그런데 그 오빠 말이 맞는 게 그 소녀들이 번갈아가며 날보고 이야기했었다. 그 애들도 나를 보고 있는 것이었다. 방학이 끝나고 서울 갔다 온 이야기를 들으면 친구들이 부러워 할 게 뻔하다. 우리 반에서 전차 타보고, 호랑이도 눈앞에서 보고, 테레비 속에 들어있는 소녀들과 눈 맞힌 사람은 나밖에 없을 거다.

낙타의 눈썹과 풍뎅이

창경원에 갔다 온 뒤로는 자연 세계에 더 호기심이 갔다. 코끼리 발은 땅에 닿으면 넙적해지지만 들어 올리면 발바닥이 반으로 줄고 가벼워져 늪이나 수렁에 빠져도 나올 수가 있다고 한다. 창경원에서 처음 본 낙타는 몽고에서 왔다는데 온 세계가 무서워한 칭기즈 칸도 다른 나라 쳐들어갈 때 짐을 나르는 데는 낙타가 한몫 했을 것이다.

눈썹이 빗자루처럼 길었는데 사막에서 몰아치는 모래가 눈에 들어가지 않고 빗자루에 먼저 걸리는 것이다. 눈꺼풀도 세 개나 된다는데 창경원에서는 자세히 볼 수가 없어 기회를 놓쳤다. 사람의 눈은 쌍꺼풀이라고 불리는 것도 눈을 덮는 것은 결국은 한 겹이라 가짜 쌍꺼풀인데, 낙타는 세 겹으로 눈을 모래로부터 보호하고 더구나 한 겹은 투명하고 또 한 겹은 자동차 유리창 닦개가 비올 때 왔다갔다 하듯 모래를 닦아낸다니 내가 보지 못할 수밖에 없었던 거다. 사막이라 물이 없어도 오랫동안 물을 안 마셔도 버텨내는데, 그러다가 물을 보면 내가 소나기밥 먹듯 소나기

물을 한없이 마신다는 낙타다. 하마는 하루 종일 물속에 있어서 얼굴만 조금 봤지만 왜 하마가 말인지는 알 수가 없었다. 얼굴도 내가 보기에는 돼지를 더 닮은 것 같았는데.

여름방학 숙제로 항상 곤충 채집보다는 식물 채집을 더 좋아했었지만, 한편으로 모든 살아있는 것은 그에 따른 특별한 삶이 있다는 것도 중요하다고 깨달았다. 창경원에서 본 짐승들은 말할 것 없고 곤충 채집한 곤충도 식물 채집한 풀도, 꽃도 각자 자기대로 장기가 있어 어려운 상황에 슬기롭게 적응하는 게 이해가 되었다. 그래서 이제는 곤충도 못살게 안 하기로 맘 먹었다.

전에는 친구들이랑 찔레꽃 넝쿨에 붙어있는 잠자리를 살금살금 잡아 못살게 한 것이 한두 번이 아니었다. 우리들은 잠자리가 어떻게 되나 보려고 날개도 하나 뜯어보고 목도 빙그르 한 바퀴 돌려보고 했다. 풍뎅이를 잡아 뒤집어 눕힌 다음 "풍뎅아, 풍뎅아 빙-빙- 돌아라!" 하고 노래를 하면서 손바닥으로 박자에 맞춰 땅을 두들겨 대면 풍뎅이는 어지러운지도 모르고 한없이 돌아갔다. 나는 두 번만 돌고 나면 금방 어지러워지는데 풍뎅이는 쉬지 않고 '빙-빙-' 돌게 만들었다. 개미를 잡아 병에다 넣어 개미가 그 속에서 왔다갔다 하고 병의 위로 기어 올라가다 미끄러지는 것도 재미있어 하면서 '후-' 하고 불면 날아갈 듯 힘없는 개미도 못살게 굴었다. 예수님처럼 물 위로도 걸어가는 소금쟁이가 뒤뚱거리나 보려고 연못을 촐랑대어 풍랑을 만들어주고, 방아깨비는 다리를 잡아 오랫동안 방아를 찧게 했다. 나는 잘하지 못하는 넓이 뛰기를 잘하는 방아깨비는 그 길고 날씬한 다리로 훌쩍 뛰어 넘는 것이 부럽기도 했지만 방아 열심히 찧어야 일당으로 자유를 되찾는 것이었다.

양반은 글방에서 행감치고[106] 점잖게 앉아 "하늘 천 따 지" 하느라 바쁘고, 멀리뛰기나 높이뛰기는 하루 종일 밭고랑 논고랑 뛰는 사람들이나 잘하는 거라는 외할아버지 말씀도 있었지만, 달리기 시합하면, 앞으로 굽혀져야 할 윗몸이 뒤로 재껴지니, 꼴등만 아니면 살았다 싶었다. 몸이 약삭빠르고 뛰기도 잘해서 박신자 선수처럼 시원시원하게 높은 데 공을 던져 집어넣을 선수가 되려면 허리보다는 다리가 길어야 될 것 같아 신체검사 할 때, 앉은키는 3학년 때하고 똑같이 68.3센치가 안 넘도록 꾸부정하게 앉으면, 선생님이 "똑바로 고개 쭉 피고 앉아라!" 하셔서 69.5센치로 올라갔다. 우리 아버지는 어릴 때 쏜살처럼 뜀박질도 잘했고 자전거도 탈 줄 모르면서 사촌한테 자전거를 빌려 언덕 맨 꼭대기에 올라 무조건 타고 내려오기를 세 번 되풀이하고 나서 자전거를 날아갈 듯 타셨다는데, 난 아버지를 많이 닮아 집에서 별명이 '작은아버지'였는데 왜 뜀박질은 아버지를 안 닮고 거북이인지 모르겠다.

아무리 살아 있는 것에는 그 나름대로 특별한 삶이 있다 치더라도 파리하고 쥐는 잡아낼 수밖에 없었다. 학교에서 파리잡기운동이 시작되면 파리채를 들고 장독대로 덤벼들었다. 끈끈한 메주 냄새가 나서인지 장독대가 파리 집합 장소였던 것이다. 파리 시체를 모아 빈 성냥갑에 뚜껑을 밀어붙여도 쉽게 안 닫아질 만큼 채워 파리잡기 선수가 되었다. 그런데 쥐잡기 운동은 성공을 못 했다. 쥐는 잡아서 꼬리를 잘라 가야 하는데 그건 혼자는 엄두가 안 나고, 우리 집에서 같이 뛸 선수는 없었다. 그래서 우리는 쥐 가족하고 함께 사이좋게 살았어야 했다. 밤이 되면 쥐들이 천정 속에서 달리기 시합을 하는지, 이 방 저 방 돌면서 숨바꼭질을 하는지 드르르 이리 달리고 드르르 저리 달리는 소란을 벌리는 일이 종종 있었다.

쑥에 불 붙이듯

엄마가 닭집에 가서 병아리 한 마리 받아오라고 하시면 난 말 없이 갔었지만, 정육소에 가서 쇠고기 반 근이나 한 근 받아오는 편이 더 수월했다. 외갓집 가는 사거리에 있는 정육점에는 고깃덩이들이 쇠갈고리에 걸려 있는데 아줌마가 눈으로 재서 잘라내면 여지없이 반 근이고, 틀림없이 한 근이었다. 등심이던 안심이던, 국거리감이던, 전 부칠 때 쓰는 돼지비계이던, 난 아줌마가 신문지에 싸준 고기만 받아오면 그만이었다. 편리하게 우리 골목 벗어나자마자 길 건너에 있는 두부공장은 엄마가 "두부 두 모만 사와라."는 말이 떨어지기가 바쁘게 뛰어가서 아저씨가 물속에 담궈 둔 두부 틀에서 건져주는 금방 만든 두부를 받아오기만 하면 되었다. 거기는 항상 물이 척척이고 시큼한 두부 냄새가 꽉 찬 곳인데 신선한 두부가 언제나 기다리고 있어 딸랑딸랑 종을 울리면서 골목골목을 두부 팔러 다니는 리아카 두부장시는 우리 동네에서는 재미를 못 보았다.

양동시장 닭집은 이야기가 좀 다르다. 시장 가는 길에 지나는 담벼락에 붙어있는 영화 포스터를 구경하는 것 빼고는 별로 즐거운 심부름은 아니었다. 아저씨가 풀 통에 큰 붓을 휘저어 풀을 뺑끼칠 하듯 벽에 칠하고 나면 순식간에 눈물 어린 최은희도 올라붙고, 보기만 해도 웃음이 나오는 김희갑도 벽에 올라탔다. 민숙이가 말한 대로 제일 잘 생겼다는 아란 드롱 나오는 영화도 있나 갈 때마다 자세히 남도극장, 현대극장, 중앙극장에 뭐가 오는지 살폈다. '연소년자 입장불가'라고 쓰인 영화일수록 남자 여자가 어쩌고 저쩌고 하는 사연이 있는 듯하여 포스터만이라도 놓치지 않고 훑었다.

닭집은 꼬꼬댁거리는 닭소리가 혼란스럽고, 큰 솥에 '펄-펄-' 끓은 물에 덥고 습한데다가 닭털이 여기저기 흐트러져 있고, 설거지 행주에서 나는 듯한 냄새가 풍기는 곳이었다. 엄마는 큰 닭은 뻣뻣하다고 싫어하시고 작은 닭을 좋아하셔서 늘 '병아리 한 마리'라고 하셨다. 아니, '뺑아리 한 마리'라고 하셨지. 엄마 단골이라, 아줌마는 두말도 않고 닭장 속에 손을 넣고 휘둘려 병아리 한 마리를 잡은 다음 순식간에 끓는 물에 던져 넣고 쇳덩어리로 만든 솥뚜껑을 닫았다. "아, 병아리⋯." 하고 내가 되새기기도 전에, 아줌마는 병아리를 꺼내 번갯불에 콩 볶아대듯 순식간에 닭털을 뜯어내기 시작했다. '병아리 때 뽕뽕뽕 봄나들이 갑니다.' 유치원 음악책 노래 가사 옆에 그려져 있던 노란 병아리가 아니라 다행이었지만 닭집에 가는 것은 내가 즐거워하는 심부름은 아

쑥에 불 붙이듯

니었다.

엄마 닭이 병아리들에게 모이를 구해 먹이듯이 우리 엄마도 하루 세끼 우리 모이 준비에 늘 바쁘셨다. 내가 받아 온 닭으로 닭국을 끓이면, 많은 식구 모두에게 나누는 데는 우리 엄마 저울손이 나서야 했다. 할머니하고 아버지 몫 먼저 골라내고 이리저리 평등하게 나누는 슬기로운 저울이었다. 나는 닭발하고 목만 차지하면 평등한 것인 게, 닭발은 매듭마다 오독오독한 게 재미있었고, 모가지는 많이 먹을수록 목청이 돋아져 노래를 잘하게 된다고 해서다.

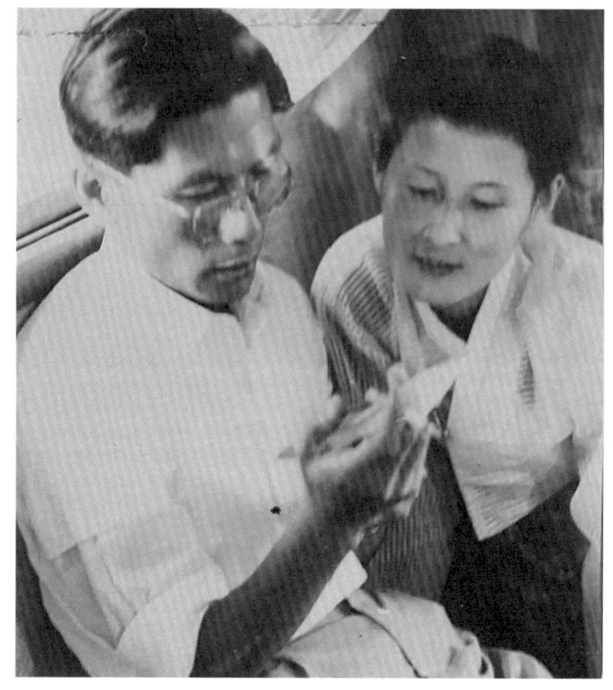

도란도란

나도 마리솔처럼 노래하려면 닭 모가지는 늘 내 차지가 되어야 할 것이다. 라디오에서 들은 천사의 목소리가 부르는 듯한 아베 마리아처럼 나도 고운 노래를 높이 높이 구름이 있는 푸른 하늘로 둥실 떠보내 보고 싶어서다. 엄마 몫은 창자, 닭살껍질, 모래집이었고 살이 붙은 닭다리나 닭가슴을 엄마가 먹는 걸 본 적이 없다. 똥집 창자를 쭉 밀어 똥을 빼내고 굵은 소금을 붓고 부얼 물 내려가는 데 붙어 있는 수챗돌 위에서 손바닥으로 뺑뺑 동그라미를 그리며 열심히 문들어낸 다음 씻어 국으로 들어가는데 엄마는 퍽퍽한 살보다는 모래집, 똥집이 더 맛있다고 하셨다.

초봄에 달래랑 냉이랑 미나리랑, 풋나물들이 나오면, 엄마는 봄나물이 입맛 당겨준다며 좋아하셨다. 겨자채에는 꼭 미나리를 넣어 나도 사각거리면서 냄새도 특이한 미나리를 어릴 때부터 즐겨했다. 쑥도 무척 좋아하셔서 우리는 쑥떡, 쑥국도 때에 맞춰 먹었다. 우리 아버지는 사랑이 오래 가려면 쑥에 불 붙이듯 타야 한다고 하셨다. 타는 듯 안 타는 듯 오래오래. "마른 이파리에 붙인 불처럼 확 타면 금방 꺼지니라."고 하셨다. 우리 엄마랑 아버지도 쑥에 불 붙였나 보다. 우리 반 애들은 집에서 엄마 아버지 싸웠다는 이야기를 하는데 난 그게 무슨 소리인지 알 수가 없었다. 정순이는 엄마 아버지가 싸우다가 아버지가 엄마한테 재떨이를 던져 엄마 이마가 깨졌다고 했다. 우리나라에도 식인종이 있나 보다. 아베 마리아를 부르는 천사의 목소리보다 아름다운 것은 엄마 아버지가 도란도란 이야기를 나누는 소리였다. 무슨 이야기인지 몰라도 "도란도란" 그 소리보다 더 고운 것은 없었다. 엄마 방 앞을 지나갈 때나, 내가 뒹굴뒹굴 엄마 방에서 놀다가 잠이 들려고 할 때 들리는 도란도란은 꼬맹이가 아빠랑 춤을 추며 깔깔대던 것 같은 그런 행복을 나에게 주었다.

사생대회와 백일장

노래나 이야기 속에 나오는 새들을 생각나는 대로 적으면 수첩 한 페이지가 가득이지만 누가 누구인지는 우리 외할머니처럼 뚫어지게 봐도 알기 어렵고 새들이 퍼뜩퍼뜩 움직이고 날아가 버리니 자세히 관찰하기는 어려운 일이다. 뻐꾸기, 기러기, 직박구리, 멧새, 파랑새, 딱따구리, 박쥐, 꿩, 노고지리, 백로, 두견이, 두루미, 따오기, 메추라기, 소쩍새, 왜가리, 찌르레기, 촉새, 뜸부기…. 우리 사는 데 새가 항상 중요한 조연인 게 분명한 게 슬픈 노래나 기쁠 때 부르는 노래나 새가 앞장섰으니까.

"뜸북뜸북 뜸북새 논에서 놀고, 뻐꾹 뻐꾹 뻐꾹새 숲에서 울 때,"
"까치 까치 설날은 어저께고요,"
"방울새야 방울새야 초로롱 방울새야,"
"보일 듯이 보일 듯이 보이지 않는 따옥 따옥 따옥 소리 처량한 소리,"
"울밑에 귀뚜라미 우는 달밤에 기럭기럭 기러기 날아갑니다,"

엄마가 수 놓은 8쪽 병풍에서

"뻐꾹 뻐꾹 뻐꾸기의 노래가 뻐꾹 뻐꾹 은은하게 들리네,"

내가 좋아하는 노래에 나오는 것들은 우리가 사는 데 빼놓을
수 없는 새들이었던 거다. 착한 흥부에게 박씨를 선물로 준 제비
는 잊을 수 없고, 백로에게는 까마귀 노는 곳에는 가지 말라고
했다.

나는 '여기저기 떠다니는 구름처럼 새들도 여기저기 날아갈 수
있는 게 사람들처럼 한 곳에 매이지 않아 좋을까?'라고 생각해보
다가도 난 우리 집에서 아기자기 매어 있는 것도 즐겁게 여겨졌
다. 나중에 구름이 내가 가고 싶은 데 데려다줄 거니까. 그런데
왜 소쩍새는 국화 한 송이 피우겠다고 봄부터 울었을까? 새도 나
처럼 눈물이 많은가? 우리나라 토끼 허리가 동강 나서 폭탄 던지
고 서로 싸울 때 새들은 많이 울었겠다. 날아다니며 밑에 보이는
슬픔에 따옥따옥보다 더 처량한 소리로 울었을까?

엄마가 여학교 시절에 수놓아 만든 조그마한 병풍은 창호지에
싸여 이불장 속에 있었는데 거기 여덟 쪽 병풍에도 계절마다 한
쪽은 꽃, 또 한 쪽은 나무와 새가 수 놓아져 있었다. 명주실을 꼬
아 놓은 수였는데 빨간 단풍잎 가지에 앉아 있는 박새는 호기심
많은 눈알이 살아 있는 듯하고, 대 잎 속의 참새는 곧 하늘로 나
를 듯 달리기 시합에 나선 선수처럼 "출발!"을 기다리는 듯이 몸

을 움츠린 모습이었다.

막상 새들을 보면 어떤 새가 무슨 이름인지는 참새, 박새, 까치, 비둘기, 제비, 바닷가의 갈매기 빼고는 헤아릴 수 없었다. 농촌에서 엄마가 밭 맬 때 간난 애기를 채간다는 독수리도 본 적은 없고 '전설 따라 삼천리'에 잘 나오는 올빼미 소리도 직접 들어보지는 못했다. '까막까치'라고 하는데 까치하고 까마귀는 같은 새인가 다른 새인가? 까치는 좋은 소식을 가져다준다는데 까마귀도 좋은 소식을 가져오나? 다음 사생대회 나가면 나무 밑에서 날아오는 예쁜 새를 기다렸다가 그려야겠다고 맘 먹었다.

사생대회 날은 소풍가는 것은 아니었지만 공원에서 한나절 지내니 손해는 없지만 어떻게 하면 그림을 잘 그릴 수 있는지는 모르는 일이었다. 요안나는 다 뿌러진 크레용 몇 개를 찌그러진 박스에 담아왔다. 나는 색색으로 서른여섯 개가 들어있는 왕자파스를 같이 쓰자면서 나무 밑에 앉았는데 요안나는 나무둥지를 물끄러미 바라보며 한참 동안 아무것도 그리지 않더니 도화지를 온통 잡아 나무둥지 한 토막을 그리기 시작했다. 이파리도 없고, 하늘도 땅도 없이 그냥 나무허리 한 토막인데 내가 무슨 그런 희한한 게 그림이냐고 물어도 열심히 밤색, 짙은 밤색, 갈색, 검정색, 짙은 녹갈색을 이리저리 번갈아가며, 나무둥지를 쳐다보며 말없이 그려냈다. 나는 새가 우리 나무에 오기를 기다렸지만 참새 소리만 들리고 다른 새들을 볼 수가 없어 결국은 우리 집 연못 바위에 오는 박새를 상상하며 나무 위에 올려 그렸다.

봄, 4월에 선생님이 미술부 모집하신다며 우리 모두를 데리고 공원에 가서 그림을 그리게 하셨을 때 내 딴에는 열심히 그렸지만 난 미술부에 떨어졌다. 그래도 이번 내 그림은 이파리도 하늘도 나뭇가지도 있는 그림다운 그림이라고 생각했다. 그런데 요안나가 그 얄궂은 그림으로 일등상을 받는다는 소식에 나도 나무토막을 그릴 걸 하고 아쉬워했다. 그렇다고 내가 요안나한테 기죽을 일은 없다. 나는 2학년 때 음악 콩클대회에서 독창부 입선도 했었고 백일장 산문부에서 여러 번 상장도 받았으니까 주눅 들을 일은 아니라고 나를 달랬다. 그래도 요안나 실력은 알아줘야 하나? 요안나가 집에 놀러 오면 우리는 자주 마늘 그림놀이를 하였다. 마늘을 잘라 그 즙으로 도화지에 그림을 그리는데, 그릴 때는 안 보이던 그림이 연탄불 위에서 말리면 사진처럼 밤색으로 나타나게 된다. 그럴 때마다 요안나가 그린 해바라기 동산은 그럴듯한데, 내가 그린 그림은 엉망진창으로 뭐가 뭔지 알 수 없었으니 비교가 안 되는 일이었다.

요안나는 만화경을 보고 나무토막 그릴 생각을 했을까? 요안나는 우리 집에 자주 놀러왔는데, 마침 만화경 아저씨가 우리 골목을 지날 때면 볼우물이 움푹 패인 환한 미소를 지으며 좋아했다. 입속에 입이 찢어지도록 누런 금이빨이 가득 찬 만화경 아저씨가 우리 동네에 오면 나는 문방구점에서 새로 나온 수첩이나 예쁜 공책을 사려고 아껴 간직해 둔 세배 돈을 꺼내 들고 나가 색색으로 신비하게 변해가는 삼각형, 사각형, 별모양, 동그라미들이 물결처럼 사라지고, 깨어지며 무너지는 찬란한 유리조각이 다시 모이고 흩어지는 만화경의 요술에 휩쓸려 숨도 안 쉬고 빠져들어갔다. 우리가 신기해서, "아저씨 또, 또." 하면, 만화경 아저씨는 금이빨이 몇 개인지 셀 수 있을 만큼 입을 크게 벌리며 "허-허-" 하시며, "다음에는 더 좋은 것 가져오마!"라고 하셨다. 나에게는 아직도 꼬장꼬장하게 남은 몇 푼의 세배 돈이 있다. 이것도 잘 지켰다가 다음에도 요안나랑 만화경의 세계로 들어갈 거다.

그림 잘 그리는 요안나가 잘하는 것은 또 있었다. 요안나는 동아전과도 표준전과도 없었는데 더하기, 빼기, 곱하기, 나누기는 우리 반에서 일등이었다. 그래도 나에게는 어림없다. 글짓기는 내가 더 잘하고, 난 이제는 모차르트 소나타도 치고 있는 데다 귀가 좋아서 대통령은 확실히 될 거니까. 더군다나 우리 작은언니가 나서면 요안나는 힘 없이 비실거릴 게 뻔하다. 작은언니는 숫자라면 뭐든지 척척 풀어내고 동생들이 아무리 앞에서 아수라장으로 떠들어도 보살처럼 앉아 공부하는 재주가 있어 경시대회에 나갔다 하면 큰 상을 받아왔다. 우리랑 말다툼이 나면 조리 있는 말을 숨도 안 쉬고 뱉어내어 우리가 '따발총'이라고 불렀다.

하루는 더하기, 빼기, 곱하기가 섞인 산수 문제를 내가 뽑혀 칠판에 나가 통쾌하게 풀었는데, 선생님이 "이거 누구 집 딸래미가 한 거지?" 하는 소리에 틀렸나 생각해서 슬그머니 손을 들었더니, "아이구 그 집 딸래미 하나 잘 낳았다." 하셔서 요안나 앞에서도 산수로 우쭐거릴 수 있었다. 요안나는 학교에서는 선생님이 뭐 시킬 때만 대답하고 별로 말이 없는데, 나랑 둘이만 토끼밥 뜨러 갈 때면 다정하게 많은 이야기를 나누었다.

요안나의 엄마는 시집가자마자 아들을 낳았는데도 아버지보다 나이가 많다고 하여 할머니로부터 늙은 것이라고 구박을 받았다. 그러던 어느 날 아버지가 젊은 색시를 데리고 들어와 요안나의 엄마는 친정으로 돌아왔다. 그런데 친정에서도 죽어도 시집에서 죽으라고 타박을 하여 쫓겨 나와 많은 시련을 겪다가 어떤 수녀님의 도움으로 머리 다듬는 기술을 배워 미장원에서 먹고 자고 하면서 일을 했다고 한다. 요안나의 엄마는 그 수녀님이 하느님이 보내주신 선물로 굳게 믿고 그때부터 천주교에 열심히 나가기 시작했다고 한다. 그렇게 지내던 가운데, 전쟁이 끝나고 갑자기 할머니가 찾아와 아버지가 살아서 돌아왔으니 큰며느리 역할을 할 때가 왔다고 하면서 다시 시댁으로 돌아가게 되었다고 하였다. 요안나의 아버지는 상이용사가 되어 돌아왔는데, 몸 거동을 하지 못하고 젊은 색시는 사라지고 없었다고 한다. 아버지는 늘 집에 있고 엄마가 미장원에서 일하면서 다섯 식구 거들이를 한다고 했다. 요안나의 할머니가 몽니를 부려도 엄마는 늙은 것이라 아무 말도 못하는데, 요안나는 엄마의 눈물이 이 세상에서 제일

애틋한 사랑

싫다고 했다. 남보다 공부 잘해서 엄마 머리를 다른 사람이 다듬게 해드리고 죽어도 엄마가 다시는 울지 않게 하는 게 자기의 꿈이라고 했다.

나는 엄마의 눈물을 본 적이 없었다. 3학년 겨울방학 끝날쯤에 내 일기에 "내일 서울 갈 오빠가 마지막 밤이라고 비단 이불을 덮고 잤다."고 적혀 있다. 엄마는 중학교 때부터 서울로 공부하러 간 오빠를 늘 그리워하신 듯했다. 오빠가 다시 서울로 돌아갈 때면 며칠 말씀이 적어지는 것이 전부였고 눈물은 보이지 않으셨다.

나에게 엄마가 제일 안쓰러워 보일 때는 밥 먹을 때 아버지 밥그릇에 돌이 있어 아버지 입속에서 찌그륵 소리가 날 때였다. 그럴 때면 엄마는 "또 조리질 잘 못했소." 하면서 자신을 탓하셨다. 그놈의 돌맹이들은 개밥에 도토리마냥 덤빌 때가 따로 있지, 엄마 조리질에도 빠져나가 아버지 밥그릇으로 들어가는 건 무슨 심보인지 모르겠다.

학교에서는 파리 잡기, 쥐 잡기 운동 말고도 여러 가지 운동이 있었는데 혼식 운동도 있었다. 쌀과 보리를 섞어 도시락을 싸와야 하는데, 하얀 쌀밥은 선생님한테 걸리고 잘못하면 통신표에 오를 수도 있다. 점심시간 직전에 하얀 쌀밥에 친구한테 빌린 보리밥알을 여기저기 모종하듯 심구는 일을 하는 친구들도 종종 있었다.

점심시간에 직사각형 대바구니에 듬뿍 담긴 급식 옥수수빵이 우리 교실로 오면 나는 우리 집도 요안나네처럼 어렵게 살아 옥수수빵을 받아먹을 수 있었으면 좋았을 텐데 하고 생각했다. 옥수수빵은 미국 사람들이 선물로 주는 거라는데, 왜 우리한테 선물을 주는 건가. 미국은 우리 아버지가 공부하러 가셨던 나라인데 나도 거기 가면 옥수수빵 많이 먹을 수 있을까? 선물을 받으면 보답해야 한다면서 명절 때면 누가 무엇을 보냈는지 잘 적어 놓으시는 아버지 말씀대로, 우리 외할머니가 곱게 만드시는 무지개떡을 예쁜 석작에 담아 보내면 미국 어린이들이 좋아할까나.

하루는 옥수수빵 배급이 끝난 후, 선생님이 빈 바구니를 플라타나스 나무 밑 바구니 모음에 갖다주고 오라셨다. 운 좋게, 옥수수빵 쪼가리가 바닥 댓 줄 사이에 끼어 있는 것을 얼른 내 고루덴 바지 주머니에 넣었다. 바짓가랭이가 너무 커 너풀너풀한 것을 언니한테 물려받은 거라 안 입고 싶은 바지였는데, 그날은 깊숙한 주머니가 한목 한 셈이다. 오후 내내 만지작거리다, 선생님이 칠판에 우리가 잘 틀리는 곱하기와 나누기가 섞여 있는 문제를 쓰실 때 산수 책을 평풍처럼 세워 얼굴을 가리고 입에 넣으려는데, 내 앞에 앉은 요안나가 "지우개 있어?" 하면서 돌아봐 겸연쩍게 들켰다. 훔친 것은 아니지만 왠지 부끄러웠고, 어차피 쪼가리 빵이라 한 입으로 끝나는 것인데 억울하기도 했다. 그 가시내가 하필 그때 지우개 타령이었는지. 마침 선생님이 때 맞춰서 구구단 복습으로 팔일은 팔부터 끝까지 외어보자는 말씀이 너무 반

가워 우렁차게 큰 소리로 구구팔십일까지 목의 힘줄이 튀어 나오
도록 소리쳐 부끄러움을 감추려고 하였다.

그다음 날 요안나가 "바꿔 먹을래?" 하고 물었다. 나는 대답도
안 하고 얼른 내 도시락을 요안나한테 밀어줬다. 잘 구워진 옥수
수빵은 위가 거북이 등처럼 갈라져 있었다. 내 도시락은 하얀 밥
에 삶은 달걀도 묻혀 있고 멸치볶음, 장조림, 갓김치가 있으니 요
안나도 밑졌다고 할 것은 아니었다. 요안나가 가끔 싸오는 도시
락은 꼭 꽁보리밥이었다. 그러나 반찬은 우리 집에서는 안 담그
는 꼬들배기 김치가 있어 요안나 덕분에 처음으로 맛보았다. 내
가 입이 화~ 하게 매운 꼬들배기 김치를 좋아한다고 요안나는 늘
내 밥 위에 몇 점을 얹어주었다. 나는 우리 집에서 콩가루를 찧으
면 콩고물밥 비벼 먹으라고 싸다 주었고, 월계쌀[107]도 집에서 먹
다가도 요안나 몫은 따로 만들어 두었고, 미역귀 잘라 오도독거
리며 씹을 때도 요안나 것은 제일 좋은 것으로 골랐다. 고모가 고
향에서 올 때 싸온 빼떼기도 작은 포대에 담아 잡아매서 줬더니
그거 먹을 줄 모른다고 했다. "빼떼기죽도 몰라?" "빼떼기가 뭐다
냐?" "이거, 고구마 말린 것." "팥 넣고 끓이면 동지죽보다 더 맛
있다." 요안나는 빼떼기죽도 모르는 바보였다. 빼떼기가 고향에
서 오면 그날 밤부터 우리 방은 구린내 소굴이 되었지만….

우리는 밥심으로 사는데 쌀이 충분하지 못한 것 같다. 그래서
보릿고개를 넘겨야 한다는데, 그 고개를 넘으면 쌀이 많이 있는

곳인가? 그래서 우리가 제일 무서워하는 것이 밥줄이 끊어지는 건가 보다. 언니 동생이랑 놀 때 무슨 놀이던 편을 짜면 번번히 싸우게 되었다. 빡샥꾸리와 꼬마가 한편이고 순덕이었던 나랑 따발총이 그 상대로 내기를 하면 꼭 패싸움을 벌였다. 우리가 화가 돋아 씩씩거리면 빡샥꾸리랑 꼬마는 우리더러 싸납쟁이라 눈 밑에까지 땀이 난다고 놀려댔다. 그럴 때면 아버지가 이마에 내 천 자를 쓰시고[108] "밥 잘 묵고[109] 와 이리 싸우노?[110] 싸우는 것들 인자[111]는 밥 주지 마라!"라고 호령을 내리시면, 우리는 방 한 구석에서 밥줄 끊길까 봐 무서워 숨도 안 쉬고 아버지 성이 풀리기만 기다렸다.

우리는 쌀이 조금 밖에 없는 나라여서 미국 사람들이 우리한테 옥수수빵도 보내는 걸 거다. 그래서 그런지 엄마도 밥테기[112] 하나라도 버리면 죄로 간다고 하시면서 쉰 밥도 못 버리시고 물에 씻어 드셨다. 그렇지만 우리 동네 쌀집 앞을 지나가면 늘 커다란 짚 둥그미에 쌀이 수북히, 그 위에 놓인 됫박에도 피라미드처럼 쌀이 호빡[113]이라 보릿고개 같은 건 실감되지 않았다. 선생님이 그리시는데 우리나라 사람은 1년에 78불 버는데 미국 사람은 4,750불 번다고 했다. 선생님이 "어떻게 하면 우리도 잘살게 될까?"라고 물었을 때, 민숙이가 "우리가 미국을 사면 되겠다."라고 해서 나도 "그게 좋겠다."라고 하면서 고개를 끄덕거렸다. 그래, 미국을 사버리면 되겠다. 우리 아버지가 공부 마치고 돌아오실 때 사가지고 오신 장난감 중에서 주사위 2개를 굴려 미국 땅 사고팔고 하는 놀이가 있었다. 오빠가 서울로 가져가 친구들하고 너덜너덜 문들어지도록 놀이를 한 건데 '후-후-' 불면 먼지가 되어 날라가기 직전에 켄트지를 짤라 도화연필, 잉크 펜, 수채화 물감으로 놀이판과 돈을 근사하게 다시 만들어 가져왔다. 잠잘 때 누워서도 어떻게 하면 펜실바니아나 일리노이를 사서 부자가 될까 머리를 굴려 미국 땅 팔고 사는 참피언이 될 정도였다. 덕분에 복잡한 미국 주 이름들도 익숙해졌는데, 오하이오와 아리조나가 예쁜 이름이라 맘에 들었다. 경상북도나 강원도보다 부드럽고 더 시적인 듯해서다. 또 하나 미국에서 온 놀이는 그보다 더 머리를 짜내야 했는데 삼각형 집에 꽉 찬 구슬을 반대쪽 삼각형으로 제일 빨리 옮기면 이기는 놀이였다. 이건 짱기보보다 더 머리를 써서 작전을 짜야 이길 수 있다. 난 사람 얼굴 보면서도 그 놀이판이라 상상하면서 구슬을 어떻게 멀리 뛰어 넘을 수 있을까만 궁리를 했다.

아름다울 '미'와 토스트

할아버지가 아버지 어렸을 때 폣병으로 돌아가시면서 남기신 말은 '사람은 배워야 한다'는 것이었다고 한다. 그래서인지 아버지는 어렸을 때부터 아무리 어려워도 배울 결심을 하셨다고 한다. 딸깍발이처럼 신발도 다른 사람이 신다 버린 것을 짝짝이로 신고, 또 어쩔 때는 얻어 신은 신발이 너무 커서 신문지를 속에 깔아 신으셨다는데도 공부는 죽어도 포기 안 하신 거다. 한영사전을 다 외우다시피 해서 미국 사람하고 말 나누는 영어 시험 고비를 기적처럼 용케 넘겨 유학생으로 뽑혀 미국으로 배 타고 가셨다.

아버지가 미국 가는 배 타시려고 부산 가는 기차에서 창문에 얼굴을 내미시며 울먹이는 사진을 본 적이 있다. 그런데 나는 잘 다녀오시라는 말도 할 수가 없었다. 아직 엄마 뱃속에 있었으니까. 아버지 미국에 계실 때 나왔다고 해서 내이름은 '미'로 돌아갔다. 아름다울 '미'가 아니라 사실은 미국 '미'인데 난 아름다울 '미'도 아주 맘에 들었다. 사람들이 무슨 '미'냐고 물으면 미국 아

울먹이며 미국 유학 가시는 아버지

름다울 '미'라고 대답했다. 아버지가 미국으로 떠난 후는 엄마가 아버지를 그리워해서인지 난 아버지를 많이 닮아 외할머니는 날더러 "애비 얼굴을 쏙 빼서 달고 다닌다!"고 하셨다. 그래서 나의 또 하나 별명은 '작은아버지'. 아버지가 그때 보내신 많은 편지는 지금까지 트렁크 속에 곱게 간직되어 있는 것은 나도 이제 알고 있다.

아버지는 공부 마치고 돌아오실 때 벽돌색의 가죽으로 만든 여

나이아가라 폭포 앞에 선 아버지

미주 워싱턴 근교 마운트 버논에 있는 조지 워싱톤 저택에서
(George Washington Estate at Mount Vernon)

우리 집의 보배 제니스 라디오

행 가방과 지금은 엄마가 옷장에 넣고 쓰는 트렁크에 이것저것 담아 돌아오셨다. 우리들 옷도 한 벌씩 넣고, 장난감 몇 개, 대레미[114], 라디오, 오리털 이불도 가져오셨다. 엄마 몫으로 사오신 검정 털 코트하고 반짝거리는 부로치와 팔찌를 걸치고 엄마가 나서면 김지미도 최은희도 어림없었다. 엄마의 멋과 아름다움에 동네가 환해졌다.

라디오는 우리 집 보배가 되었다. 뭐든지 라디오가 전해주고 들려주었다. 검은색으로 뚜껑을 덮으면 여행 가방처럼 손잡이가 달린 것이 보였고, 뚜껑을 열면 눌러볼 수 있는 단추가 위아래로 많은데 특히 주파수와 소리의 크기를 조종하는 검정 단추 두개가 눈깔처럼 달려있었다. 오른쪽 위에 붙은 안테나는 뽑으면 한없이 올라갔다. 라디오는 부엌방에 붙박이처럼 자리를 잡았는데, 미국 대통령이 총에 맞아 죽은 소식도 이 라디오가 가르쳐주었다.

대레미도 우리가 생활하는 데 큰 도움을 주었다. 그 전에는 이불 홑청 다리는 데 거쳐야 할 단계가 많았다. 큰 이불을 빨 때면 엄마는 안센댁을 비롯해 아줌마들의 도움이 필요했다. 이불 홑청을 빨아서 풀을 먹이고 스르르 말랐을 때 끝을 잘 붙들어 갠 다음에 다시 빨랫보에 싸서 위에 올라 타 밟아주고, 다듬이 돌 위에 얹어 다듬이 방망이로 두드린 다음에야 대릴 수가 있었다. 엄마랑 아줌마들이 홑청 끝머리 네 군데를 잡고, 입에 머금은 물을 뿌려 홑청이 고루고루 젖으면, 손잡이가 길다란 무쇠 접시 대레미에 조용하게 타오르는 숯불을 담아 이리저리 문대며 홑청을 대레미질 했다. 나는 엄마가 숯불에 데인다고 비키라고 해도 모기약 뿌리는 분무기처럼 물을 홑청 위로 뿜어낼 수 있나 보려고 입에 물을 머금고 나서기도 했었다. 그런데 이제는 진짜 대레미가 있어 이불 홑청 대리는 것이 훨씬 수월해졌다. 엄마는 오리털 이불도 잔잔한 꽃분홍색 무늬가 새겨진 부드러운 감으로 씌웠는데 속의 오리털이 가루가 된 듯해도 엄마는 계속 오리털 이불을 좋아

대레미질 하시는 엄마

하셨다. 아버지가 미국서 잠을 줄이고 밤에 일하여 어렵살이 모은 돈으로 사오신 귀한 물건들이라서 애끼고[115] 애껴야 옳고, 그래서 엄마는 오리털 이불도 끝까지 간수하실 것이리라.

내 옷은 털로 뜨개질한 드레스로 초록색에 분홍 줄이 있고 허리에는 분홍색 꽃이 띄엄띄엄 붙어 있었다. 오랫동안 입다가 동생한테 물려주었다. 아버지 따라온 장난감 노란 강아지도 우리 식구의 하나가 되었다. 강아지 목 밑으로 가늘고 동그란 용수철이 몇 겹 달려 있는데, 늘리면 강아지가 한없이 길어졌다가 또 쇠줄을 놔주면 짧아지는 강아지였다. 이리 던지고 저리 던지고 잡았다 났다 하면서 노란 강아지랑 매일 놀았다. 강아지를 던지면 몸뚱이가 파도처럼 출렁거리는 것이 재미있어서 더 많은 파도를 만들려고 몇 차례나 늘려서 던져보았다.

아버지는 카메라도 하나 구해오셨는데 우리는 라이카 카메라라고 불렀다. 아버지는 가끔 카메라를 닦으셨는데, 그러면 엄마의 하모니카처럼 빛이 났다. 닦기가 끝나면 카메라는 다시 밤색 가죽 케이스에 넣어 트렁크 속에 보관되었다. 아버지 당신의 몫으로는 딱 양복 한 벌이었는데 나가실 때는 항상 그 양복을 입으셨던 것 같다. 우리나라에서 나온 양복 바지는 앞에 달린 단추로 입고 벗었는데 아버지가 미국서 사오신 양복 바지는 자꾸[116]가 달려 편하다고 늘 그양복을 즐겨 입으셔 딸기밭 나들이조차도 그 양복이 나섰다.

반짝거리는 검정 자방침도 아버지와 함께 배를 타고 우리 집에 왔다. 자방침은 바느질 선수인 엄마의 믿음직한 친구가 되었다. 의자에 앉아 발로 굴리는 것보다 방바닥에 앉아 손으로 돌리는 편이 더 편하다는 엄마의 뜻대로 목수아저씨가 자방침 집을 나무로 짜고 서랍도 달아서 뚜껑도 맞추어서 자방침이 새 모습으로 등장했다. 엄마는 선비가 책상 앞에 앉아 책을 읽듯이 자방침 앞에 앉아 손으로 돌리며 드르륵 바느질을 하셨다. 그 서랍 속에는 엄마의 바느질 그릇에서 넘쳐 나온 온갖 실들이 들어 있고, 크고 작은 가위들, 엄마가 큰 바늘로 홑청 시침질할 때 끼는 골무,

딱딱이 단추, 방울단추, 구멍단추를 비롯한 여러 가지 색과 모양의 단추들, 찍찍거리는 문 경첩 같은 곳에 뿌리면 만사가 해결되는 자방침 기름도 들어 있었다.

엄마가 자방침 앞에서 보낸 시간이 얼마나 될까 하고 헤아려보니 끝이 나지 않았다. 엄마는 자방침질도 손바느질도 즐거워하시면서 해내셨는데, 치마 단 넣으실 때는 공그르기[117]로 실 자국이 보이지 않고 속으로 바느질을 하여 겉으로는 아무 흔적이 안 나게 깨끗하게 정리되는 게 신기했다. 나도 엄마 흉내를 내보지만 바로 우글우글해져 우리 엄마 말대로 대리지도 않고 치마 입은 짜잔한 사람이 되고 말았다. 좁장한 옷깃이나 한복도 구석구석 깨끗이 대려 주름을 없애느라 엄마가 인두판은 무릎에 놓고 인두질하는 것도 우리 눈에 익은 일이었다. 옷이 크건 작건, 길건 짧건, 엄마는 '작업 시작'과 동시에 쭈글쭈글하던 것을 다 고쳐내는 손재주꾼이다.

아버지는 미국에서 돌아오신 후로 아침에는 토스트에 연유를 풀어낸 커피를 드실 때가 많아졌다. 우리 집 할머니 방 앞에 있는 뒤주에 항상 쌀이 차 있듯, 토스트가 될 식빵이 떨어지지 않게 신경을 써야 했다. 난 토스트보다는 배를 부르게 해주는 밥이 더 좋았지만, 서울우유 연유만은 깡통채로 들고 빨아 먹으면 고소하기가 말로 표현할 수 없었다. 그래도 아버지 커피에 들어갈 연유인지라 동나게 할 수는 없었다. 이제는 밥심에 토스트 힘이 더해

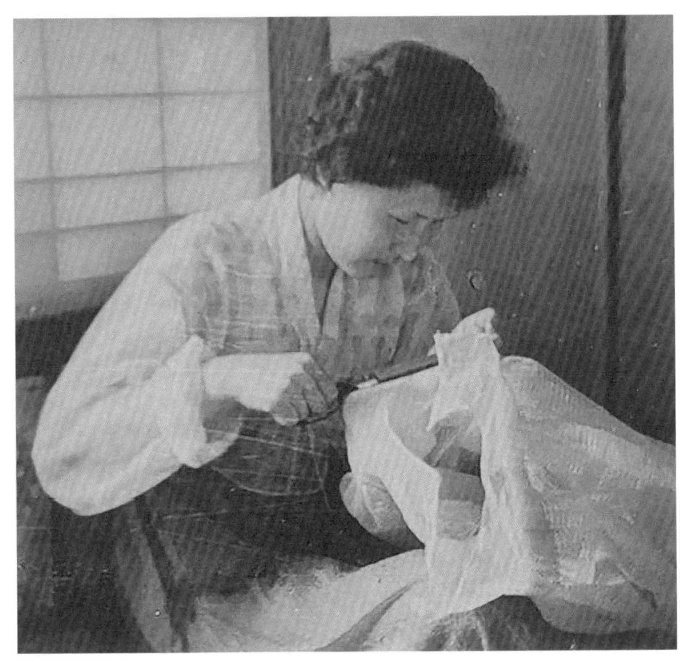

오시-레와 창문 사이에 앉아 작업 중인 우리 집의 바느질꾼

진 거다. 엄마는 미장원에서 손톱을 길게 다듬고 예쁜 색을 칠하게 되었다. 미장원의 '미'가 미국 '미'하고 같아서 미국식으로 바뀌었다. 일요일 오후에는 엄마와 아버지 둘이서 미국 영화 보시러 중앙극장, 현대극장, 무등극장이나 시민관에 가셨다. 그때부터 엄마는 폴 뉴만이라는 미국 배우를 좋아하셨다. 아란 드롱도 덤비고 폴 뉴만도 덤비니 신영균이 이제는 좀 어렵겠다.

난 항상 병원 냄새를 좋아했다. 아픈 사람들이 들락거리는 곳

미국에서 온 코트랑 부로치로 차리고 영화관에

이고 빨간 피라면 딱 질색이지만 병원 냄새는 아버지의 냄새였기 때문이다. 저녁에 돌아오시면 맨 먼저 할머니 방에 가서서 다녀왔다는 인사부터 하시고 이런저런 이야기를 할머니랑 나누셨다. 병원 냄새만 따라가면 아버지가 어디에 계신 것이 확실했다. 아버지는 "치료는 의사가 하지만, 치유 즉 고치는 것은 하느님이 하신다."라고 하셨다. 그래도 나는 아버지는 무슨 병이던 다 고칠 수 있는 기적의 의사라고 생각했다. 내가 세 살 때 펄펄 끓는 물에 손을 집어넣어 손이 흔적도 없이 물케진[118] 것도 아버지가 고

치셨다. 다른 의사들이 다들 손가락이 뭉그러진 딸을 두게 될 아
버지를 측은해 했었다는데, 아버지 덕분에 이제는 모차르트 소나
타도 치고 콩나물 깍지 떼고 다듬는 선수가 되었다. 가끔 어떤 손
이 끓는 물에 녹았었나 두 손을 맞대 봐도 알 길이 없으니 아버지
의 실력이 그만큼 뛰어나신 것이었다. 그런데 찔찔 짜는 것은 싫
어하시는 아버지라서 우리는 아파도 끽소리 안 하는 버릇이 있었
다. 비씨지 맞을 때면, 아프다고 통곡하는 애들도 많고, 또 안 맞
는다고 교실을 뺑뺑 돌며 도망하는 친구들도 있었는데 나는 너무
아퍼 눈물 한 방울이 눈 밑으로 흘러나와도 꾹 참고 견뎌냈다. 이
빨이 끈덕거릴 때 엄마가 실을 매어 잡아채어 빼낼 때도 참고 견
디었다.

아버지의 냄새는 병원 냄새

트위스트와 똥장군

3학년 봄 소풍은 4월 27일, 가을 소풍은 10월 19일이었다. 소풍을 언제 가나 이리저리 수소문해 보지만 항상 소풍 가는 그 전날에야 알게 되니 바쁘게 장만하고 준비해야 했다. 소풍 가방은 차곡차곡 슬기롭게 싸야 가져가고 싶은 것을 욕심쟁이 티를 안내면서 맘껏 넣어 신나게 소풍 길을 나설 수 있었다. 가방 앞에 두 개 달린 작은 주머니에는 덩어리가 작은 바둑껌이나 눈깔사탕을 넣고, 실뜨기 놀이 할 실, 오자미, 엄마가 땀 잘 닦아내라고 아버지 쓰시라고 만드신 안경닦이 수건처럼 가제를 정사각형으로 잘라 코바늘로 분홍색 사슬뜨기 뜨개질로 도르르 돌려낸 손수건도 앞주머니에 넣었다. 그 다음, 가방에는 빈틈이 안 나게 엄마 솜씨로 만들어내는 유부초밥을 싼 나무도시락, 보통 때는 이빨 상한다고 마시지 못하게 하는 스페시콜라[119]는 옆에 끼우고, 모양이 흐트러져도 상관없는 마른 오징어는 다른 것이 자리를 잡은 다음 삐져 넣고, 바삭거리는 비스킽은 부서지지 않게 맨 위에 집어 넣었다. 오리온 인삼 카라멜이나 우유색 비가처럼 천천히 입에서 오랫동안 오물오물할 수 있어 소풍 길을 유쾌하게 해주는 과자도 잊지 않고, 친구들이 가져온 다른 과자랑 바꿔서 먹을 수 있는 사탕도 따로 준비를 해야 더 즐거운 한나절이 될 것이다.

꼬부랑꼬부랑 산길을 걸어가면 볼록볼록 크고 작은 무덤들도 지나고 개울도 건너 이마에 땀방울이 맺혀도 친구들하고 같이 노닥거릴 생각에 열심히 걸었다. 선생님이 판판한 곳에 자리를 잡아주시고 다른 선생님들과 점심 나누러 가시면, 그때부터는 우리의 세계였다. 곧바로 소풍 가방을 열어 반찬을 나누고 점심을 펴는데, 내 유부초밥은 특히 인기가 있어 다들 한입 달라고 했다.

점심이 끝나면 놀이판을 벌렸는데, 수건돌리기부터 시작하였다. 술래는 우리가 동그랗게 앉은 뒤로 빙빙 달리면서 손수건을 누군가의 뒤에 살짝 떨어뜨리고 계속 달린다. 손수건이 자기 뒤에 떨어진 것을 술래가 돌아올 때까지 모르고 있으면 다음 술래가 된다. 손수건 떨어진 것을 눈치 채면 그 손수건을 들고 죽어라고 뛰어 술래를 잡아야 하는데 못 잡으면 술래가 되고, 잡으면 잡힌 술래가 벌을 치러야 한다. 벌로는 노래를 한다거나 아니면 엉덩이로 이름을 적기도 하고, 아니면 이도령 앞 춘향의 모습이 어땠을까를 상상해보는 연극도 해야 됐다. 엉덩이로 자기 이름 쓰는 것도 간단치 않아 이리 저리 흔들면 다들 배꼽이 빠지도록 웃어댔다. 술래가 빙글빙글 돌아갈 때는 다들 손뼉으로 박자를 맞추며 "이슬비 내리는 이른 아침에"나 "쏭알쏭알 싸리 잎에"같은 노래를 불렀다. 정신 똑바로 안 차리면 술래가 되기 십상이었다.

 "우리 집에 왜 왔니, 왜 왔니, 왜 왔니"는 가위바위보로 결정이 나는 간단한 놀이였지만, 모인 친구들을 반으로 나누어 이쪽으로 몰리고 저쪽으로 몰리면서 "무슨 꽃을 찾으러 왔느냐 왔느냐?" 하면 이름을 하나하나 대면서 "경순이 꽃을 찾으러 왔단다 왔단다." 하며 한 사람씩 제해나가는데, 산속에서 우렁차게 목소리를 모아 노래할 수 있어 다들 좋아했다. 우리 동네처럼 술래가 기댈 전봇대는 없었지만 "무궁화 꽃이 피었습니다" 놀이도 하였다. 골목과는 달리 땅이 평평하지 않고 풀밭이라 재빨리 몇 걸음 나아가기가 힘들어 더 재미가 있는데 갑자기 민숙이가 "애들아, 우리 트위스트 추자." 하면서 무릎을 구부리고 이쪽저쪽 톱 갈듯이 흔들면서 트위스트 노래를 불렀다. 민숙이는 미국 춤을 어디서 배웠을까? "기타 소리 딩동댕 들려오는 멜로디 사랑하는 그대여 트위스트 춤을 춥시다."라고 노래하며 춤을 추는 민숙이를 보면서, 우리의 "닐리리야 닐리리"는 팔과 어깨가 으쓱으쓱 하며 부드럽게 넘어가는데 트위스트는 발과 손을 휘저으며 꼬이는 게 난 어색하기도 하고 잘 꼬이지도 않아 슬그머니 큰 무덤 뒤쪽으로 숨어 아껴 마시던 콜라도 마시면서 뭉게구름을 바라보고 있는데 요안나가 무덤 뒤로 고개를 내밀어 땅콩 조각이 고소하게 박힌 비가도 나누어 먹었다. 분홍색 하얀색 별사탕은 인삼 카라멜로 순영이랑 바꾼 건데 동생 주려고 내보이지 않았다. 둘이 같이 실뜨기 놀이를 하는데 요안나가 아버지가 아파서 엄마가 미장원을 며칠 나가지 못했다며 소풍에 안 오고 집에서 엄마를 도와드렸어야 하는데 하면서 훌쩍거리길래 아껴뒀던 별사탕도 요안나에게 주어버렸다.

돌아오는 길은 땀에 찌들고 떡심이 풀리지만 이번에는 생각지 않았던 일이 터져 지루하지 않았다. "아유 구린내!" 하는 소리와 함께 우리 옆반의 미자가 똥통에 빠진 모양에 나뭇잎으로 옷을 닦아내기 시작했다. 비료 만드는 구덕에 빠진 것을 그 반 담임 선생님이 건져내셨다고 했다. 정글 속의 늪지에 빠진 듯 비료로 쓸 똥통에 빠진 것이었다. 미자가 선생님하고 도랑에 가서 씻고 올 때까지 우리는 "우리우리 우리는 가위뽕 주먹뽕 보자기뽕" 놀이를 하며 기다렸는데, 우리도 미자가 빠진 똥통은 어떻게 생겼는지를 다들 확인해보았다. 지푸라기로 위를 덮은 비밀의 똥 수렁이었다. 이래서 고물장시, 엿장시, 넝마주이처럼 똥장시도 있나 보다. 우리는 똥도 그냥 버리면 안 되는가 보다. 엿장시도 고물장시도 가위질을 하면서 다 떨어진 신발이던 빈 병, 녹슨 문고리, 찌그러진 양은 냄비, 짜발량이[120]들을 뭐든지 좋아하며 받아가는 것이 그런 고물을 어디다 어떻게 쓴다는 건지. 야튼[121] 우리는 뭐든지 버려서는 안 되는 삶인 것 같았다.

우리 엄마도 늘 아끼며 살아야 된다고 하시는데 옷도 오래오래 입도록 항상 나보다 훨씬 더 크게 만들어 주셔서 윗도리 팔뚝

하고 바짓가랭이는 처음에는 접어 입었어야 했다. 나이 먹으면서 자연히 커져서 시나브로 옷이 맞게 된다고 하시면서. 늘 언니 헌 옷을 물려받는 데다 새 옷은 벌렁벌렁 커서 나한테 딱 맞는 새 옷을 입어봤으면 했다. 그래서 이모가 사준 새로 나온 노란색 세타가 최고였다. 속은 짧은 팔, 바깥은 긴 팔로 두 겹인데 포개서 입어 바깥 세타 단추를 열어주면 때깔이 나는 것이 역시 우리 이모는 멋쟁이였다. 이모랑 같이 서울 갔을 때도 이모는 파아란 반소대 투피스에 하얀 구두, 거기에 맞춰서 하얀 핸드백을 들고 우리를 명동에 데려갔다. 엄마한테는 5학년 때 콩쿠르 나갈 때는 꼭 맞는 옷을 만들어 달라고 졸라야겠다.

미자가 우리 반이 아니어서 다행인 게, 그 구린 냄새가 언제 빠질 건가는 모를 일이었다. 미자는 그 뒤로는 ‘똥통에 빠진 애’로 모두들 ‘똥장군’이라고 불렀다. 우리는 별명 짓는 명수들이었다. 조금 뚱뚱하면 ‘삶은 호박’이 되고, ‘뻐드렁니’, ‘주걱턱’, ‘짱뚱이’도 있고, 우리 반에서 제일 달리기 잘하는 순영이는 ‘도롱테’[122]라고 불렀다. 도롱테가 굴러가듯 날아가듯 달린다는 뜻이었겠다. 속셈을 척척 해내는 요안나의 별명은 ‘주판’이었고, 잘 해해거린다고 현경이는 ‘방자’가 되었으며, 꼽슬에 닭벼슬 머리인 순일이는 ‘맨드라미’라고 불렀다.

선생님들에게도 별명이 있었는데 선생님은 그림자도 밟으면 안 될 만큼 존경해야 한다는 우리 엄마 말 때문에 나는 선생님들

의 별명 짓기 놀이에는 빠졌지만 '뱁새', '수제비', '빵덕어멈', '곰
팡이', '가운데 가래미'도 있었다. 우리 엄마는 콧대가 우리보다
또렷하다고 해서 학교 다닐 때 별명이 '미국 여자'였다고 한다.
내가 봐도 엄마 코는 내 코보다 좁장하고 높아 보였다.

도파니 벌과 음치

머리 가운데에 가래미를 탔다고 하더라도 선생님을 '가운데 가래미'라고, 아니면 눈이 작다고 하여 '뱁새'라고 부를 엄두는 안 났다. 그렇지만, 때로는 우리 선생님의 결정도 맘에 들지 않을 때가 있었다. 특히 단체로 벌을 내리실 때는 잘못이 없어도 반 전체가 무더기로 도파니 벌을 받는 것은 남의 죄를 뒤집어 받게 하는 타당치 못한 벌이라고 생각했다. 지각생이 많은 날 단체로 10분간 입을 다물고, 아무 말도 못하는 벌을 내리실 때는 난 한 번도 늦지 않고 매일 학교에 가서 개근상을 매년 받았는데 남들이 지각한다고 휩쓸려 벌 받는 것은 억울한 일이라고 생각했다. 청소 시간에 슬쩍슬쩍 노는 애들 때문에 단체로 다시 청소해야 할 때도 짜증나는 일이었다. 내 일기장에도 선생님 보시란 듯이 써넣었다. 3학년 9월 26일 "오늘 선생님한테 4대를 맞아서 기분이 나빴습니다."라고. 선생님들은 아침 조회 시간에 줄 삐뚤게 서면 야단치시고 맘이 삐뚤어져 줄도 삐뚤게 선다고 타박하셨다. 교장선생님이 교단에 올라가시면 어떤 반이 제일 잘 서고 어떤 반이 엉망인가 또렷이 보이니까 "차렷!" "경례!" 하고 교장선생님한테 인사할 때까지만이라도 반듯이 줄을 서서 교장선생님한테 잘 보여야 한다고 하셨다.

일제고사시험 결과를 받는 날은 죄 없는 손바닥이 당하는 날이었다. 각 문제마다 틀린 사람은 일어서서 손바닥을 내밀고 선생님이 들고 나서는 자쪽[123]으로 매를 맞았는데, 많이 틀리면 틀릴수록 손바닥이 빨개지고 안 맞겠다고 자쪽 내려오기 직전에 손을 재빨리 빼내면 선생님은 더 화를 내셨다. 백점 맞는 일은 가물에 콩 나듯 드문 일이라 다들 손바닥을 '호-호-' 불면서 빨리 마지막 문제까지 가기만을 기다렸다. 선생님은 맞는 우리 손바닥보다 때리는 선생님의 마음이 더 아프다고 하셨는데, 난 수치스럽기도 하고, 손바닥도 아려서 비씨지 주사 맞는 것보다 더 싫었다.

실과시험에 나온 문제 - 딸기모종은 몇 센치 간격으로 심어야 되는 건지. 딱 걸렸다. 정답이 30센치라는데, 30센치라야만 딸기가 나오는 건가? 우리 식구들은 모두 함께 초여름에는 딸기밭에 갔는데 그 많은 딸기도 모두 30센치 간격으로 심어졌을까? 딸기 때문에 내 손바닥이 딸기처럼 빨개졌다. 구구단 외우는 것은 물론이고 여러 가지 외워서 머리에 저장해놔야 할 것이 한없이 많았다. 우리나라에서 높은 산들, 길게 흐르는 강들 이름도 다 외우고 어디에 있는 산이고 강인지도 잘 알아두어야 했다. 언제 일제

딸기밭에서

지산동 딸기밭에 갔다
돌아오는 길

고사에 나올지 모르니까. 받침 공부도 열심히 해서 'ㄶ' 이나 'ㄼ'도 구분을 잘해 말에 맞추어 잘 써내야 했다.

큰 행사가 있는 날은 선생님들이 우리보다 더 긴장하시는 것 같았다. 선생님들을 위한 '스승의 날'[124]도 다를 바가 없었다. 그날 준비로 합창 연습도 미리 해서 "수레의 두 바퀴를 부모라 치면 이끌어 주시는 분 우리 선생님. 오늘 하루만이라도 걱정 안 시켜 기쁘게 해드리자 우리 선생님"이라고 노래 불렀다. 나는 닭모가지를 많이 먹은 덕분에 뽑혀 다른 친구 넷이랑 앞으로 나가 마이크에 대고 불러 순영이 같은 음치들이 따라올 수 있도록 이끌었다. 왜 음정을 못 맞추는지는 아무리 생각해도 이해할 수 없었다. '도롱테' 순영이는 우리 반에서 달리기는 일등이지만, 노래는 박자도 못 맞추고 음정도 다 틀려 음악 시간이 제일 싫다고 했다. 선생님이 순영이 가르쳐주라고 하셔서 '도-레-미-파-솔-라-시-도'를 따라서 불러보라고 했다. 여러 번 불러도 조율이 안 된 피아노처럼 귀에 어긋난 소리를 내고 거기다 두 박자와 세 박자 구분을 못했다. "학교종이 땡땡땡"은 두 박자고 "엄마가 섬 그늘에 굴 따러 가면"은 세 박자라면서 둘째손가락을 뽑아내 가리키면서 박자를 세어 주어도 "땡-땡-땡, 세 번 쳤는데 왜 그게 두 박자냐?"라고 되물었다. 그럼 다시, "엄마 엄마 이리와 요것 보세요"는 두 박자이고, "깊은 산 속 옹달샘 누가 와서 먹나요"는 세 박자라고 손으로 책상을 두드리며 "쿵짝, 쿵짝", 아니면, "쿵짝짝, 쿵

짝짝” 해도 먹히지가 않았다. 세 박자는 손으로 삼각형을 그리며 불러주었고, 두 박자는 이쪽 발, 저쪽 발을 밟아 주며 맞춰주어도 어림없었다. 내가

“이 바보야, 니는 노래 안 부르고 살 거냐?”

“그래, 노래 같은 건 안 부른다.”

“기쁘거나 슬플 때는 뭘 할 건디?”

“나는 운동장 뺑뺑 달릴 거다. 바람이 기쁠 때도 슬플 때도 얼굴을 쓸어주니까. 니는 거북이라 못 달리지?”

“그래, 난 양반이라.”

“그럼 양반은 불이 나면 다 타죽는 거냐?”

“담박질[125] 치고 뛰어 나오면 되지 왜 타죽는다냐?”

“지푸라기에 붙은 불은 너보다 허벌나게[126] 빠른디?”

“우리 집은 기와고 초가집이 아니라서 지푸라기에 불 붙을 일이 없어야.”

“이 바보야, 니 담박질이 뛰는 거냐? 기는 거지.”

“이 바보야. 그래도 늦게 가던 거북이가 시합에서 이겼잖냐.”

음치 같은 게 깡다구라서 부아나게 내 약을 올렸다. 나도 달리기 연습하여 손기정 선수처럼 뛰어서 음치 코를 납작하게 해주려고 아침에 일찍 일어나 우리 골목을 한 바퀴씩 돌았고, 줄넘기도

50번씩 했다. 그러나 달리면 몇 발자국 만에 헉헉대고 받은 숨[127] 만 몰아쉬니 그건 늘락지[128] 달리기라고나 할까? 결국 달리기로 '도롱테'를 이겨낼 방법은 없다는 것을 알았다.

학예회날, 운동회날, 어머니날 등은 큰 행사였다. 어머니날에 는 어머니들도 모두 오셨는데, 우리는 "높고 높은 하늘이라 말들 하지만 나는 나는 높은 게 또 하나 있지"로 시작하는 "어머님 은혜" 노래를 불려드렸다. 나도 엄마한테 빨간 카네이션 달아드리 고, 어머니들하고 짝을 지어 같이 노래를 불렀는데 내 귀에는 왠 지 처량하게 들렸던 "물레나 바퀴는 슬스리 시르렁 슬스리 시르 렁"[129]을 불렀다. 순영이는 삼박자를 못 맞추니 물레하고 바퀴가 다 찌그덕 거렸겠다. 카네이션은 미리 예능 시간에 만들어 두었 다. 하늘하늘한 습자지 같은 빨간 종이 끝을 톱날처럼 짤르고[130] 맨 밖으로는 녹색을 대고 풀로 붙인 다음에 움켜쥐어 꽃이 되게 만든 후에 가느다란 철사를 속으로 찔러 넣어 엄마 저고리에 옷 핀으로 달아드릴 수 있도록 만들었다. 엄마는 우리한테 받은 모 든 카네이션을 경대에 하나하나 걸어 다음해 어머니날까지 간직 하셨다.

딸기쨈과 유자차

내가 3학년이었던 그해 6월에 우리 골목에 새 이웃이 생겼다. 미국 사람과 그 부인이 우리 바로 옆집으로 이사 왔다. 선교사라는데 그것이 무슨 일하는 것인지는 잘 몰랐지만 교회에서 일 한다고 해서 우리는 목사님이라고 불렀다. 이사 온 날 우리 동네 사람들은 그다지 반가워하지 않았다. 우리는 백의민족이라 다른 민족이 들어오는 걸 달갑지 않게 생각하나 보다. 우리 사는 방식도 모르면서 무얼 먹고 어떻게 살겠다고 우리 골목으로 왔는지 모르겠다. 겨울 되면 연탄도 몇 백 장 받아 쟁여놔야 하는데 연탄 창고는 있는지. 김장은 또 어떻게 하는 건지. 우리는 김장 때면 배추가 꽃밭 옆으로 산더미처럼 쌓이고 안셋떽이랑 다들 모여 하루 종일 김치를 담고 그날 밤은 우리 김장 김치 먹어보라고 골목 집집마다 먹음직스럽게 한 사발씩 담아 나누어 먹는 것도 아는지.

미국 사람은 키가 우리보다 훨씬 더 크다는데 목사님은 우리 아버지하고 비슷한 키라서 그렇게 무섭지는 않았지만 코가 필요 없이 큰 것은 사실이었다. 미국 여자라고 불리던 우리 엄마 코도

엄마가 만든 색동저고리로 치장한 두 친구

그 코들에는 어림없었다. 우리는 작은 코로도 무슨 냄새든지 안 빠트리고 맡을 수 있는데…. 처음에는 안경 쓰고 점잖은 목사가 골목에 들어서면 우리는 놀다가도 삐쭉삐쭉 어색해하고 얼굴 마주치는 것을 피했다. 어느 날 엄마가 찹쌀가루를 뭉게 참기름을 푸라이판에 둘러 만든 부침개에 대추를 실처럼 짤라 장식해서 자개 박힌 나무그릇에 담아 옆집에 갖다 주고 오라고 했다. 난 호기심도 났지만 겸연쩍기도 해서 주춤주춤 하다가 초인종을 눌렀다. 그런데 문을 연 사람은 내가 상상만 했던 천사의 얼굴을 하고 있었다. 무슨 말을 어떻게 해야 되는가 우물쭈물 하는데 "이거 무엇이지요?" 하면서 조용하면서도 또록또록한 우리말로 목사 부인이 나를 이끄셨다. 내가 이 세상 태어나서 처음으로 미국 사람하고 얼굴을 맞댄 순간이었다. 그 부인이 말할 때는 다 알아들었지만 웬지 다른 나라 말을 하는 듯한 느낌이었다. 부드럽고 낭랑한 발음에 '아빠와 함께 춤을'에서 들은 프랑스 말 같았다.

엄마와 목사 부인은 점차 아주 친한 친구가 되었다. 서로 이름을 부르는 친구가 되어 우리도 엄마 따라 목사 부인을 엘렌이라고 불렀다. 엄마는 엘렌에게 유자차 만드는 것을 가르쳐주고 엘렌한테서 딸기쨈 만드는 것을 배웠다. 딸기쨈 만드는 날은 김장을 담그는 날 같았다. 다라에 가득 찬 딸기를 씻고 설탕을 넣어 끓이면 달짝지근한 맛이 골목 끝에서부터 났는데 쨈이 된 딸기가 식으면 엄마가 몇 달이고 모아 논 크고 작은 병에 채웠다. 그런 다음 초를 녹여 그 위에 부어 하얗게 굳어지면 땅에 묻은 독아지에서 겨울을 나는 김치마냥 딸기쨈도 변하지 않고 오랫동안 싱그럽게 아버지의 토스트 맛을 일구어주었다. 나는 엄마가 딸기쨈을 다 긁어낸 솥을 처음에는 옆을 손가락으로 다 긁어 핥아 먹은 다음, 솥을 병정 모자처럼 머리 위로 뒤집어쓰고 얼굴을 밑에까지 들이대고 솥바닥을 혀로 빤짝빤짝 거릴 때까지 깨끗이 핥아먹었다.

엄마는 바느질 솜씨를 내어 색동저고리를 엘렌하고 똑같이 쌍둥이처럼 만들어 입고 우리 정원에서 내가 요안나랑 깨끼손가락 걸고 약속하면서 사진 찍었듯이 엄마랑 엘렌도 '영원한 친구'의 기념으로 총천연색 사진을 라이카 카메라로 아버지가 찍어주셨다. 엄마가 몇 년 모아둔 헝겊상자에서 색색으로 양단을 대어서 만든 색동이라 색깔마다 다른 무늬가 있고 우아하기 비할 데 없어 바느질집에서 맞춰 입는 색동저고리와는 아주 다른 특이한 색동이었다. 나도 시집갈 때 한 벌 만들어 주겠다고 약속하셨다.

엘렌이 우리 집에 올 때는 그림이 많이 그려진 영어 동화책을 가져와 이야기를 들려주었다. 오빠가 방학 때 왔을 때, 영어로 읽어 달라고 해서 내용을 이미 알고 있었으므로 영어를 알아듣는 듯 고개를 끄떡끄떡하며 들었다. 그 책 중의 하나인 《도망 갔던 소년》[131]은 내가 좋아해서 내 책가방에 넣어 가지고 다녔다. 집에 있는 재산의 자기 몫을 아버지한테 달라고 하여 집의 재산 반을 들고 도망간 둘째아들이 돈을 놀고먹는 데 다 써버리고 거지가 되자 다시 집으로 돌아올 때 아버지가 아무 탓하지 않고 반갑게 맞아들였다. 끝까지 집에서 일한 자기는 알아주지 않는다고 불평하는 큰아들을 아버지가 잃었던 것을 다시 찾는 것에는 큰 기쁨이 따르니, 식구가 다시 다 모인 것을 기뻐하자고 달래는 이야기였다. 보라색에 책가위에는 둘째아들이 돈주머니를 차고 집 앞에 서 있는 아버지를 두고 떠나는 장면이었다. 페이지마다

《도망 갔던 소년》 표지

그림도 많았는데 거지가 되어 돼지치기가 된 후 굶주림에 허덕이며 돼지밥이라도 먹었으면 하다가 후회하면서 집으로 돌아올 때 아버지가 먼발치에서도 아들을 알아보고 기뻐하는 장면도 그려져 있었다.

4학년으로 올라갈 때

　봄방학이 끝나고 학교가 다시 시작되면 다음 학년에 누구랑 같은 반이 될 건가 어떤 담임 선생님이 떨어질 건가 궁금해지는데, 뺑덕어멈 같은 무서운 선생님이 담임이 될까 봐 조바심이 나기도 했다. 3학년에서 4학년으로 올라갔을 때는 동물의 세계를 같이 만들었던 선생님과 헤어지는 것이 슬펐다. 2월이 끝나갈 무렵 진눈개비가 내리던 날 세탁소에 아버지 양복 찾으러 갔다가 그 앞에서 선생님하고 우연히 마주쳤다. 선생님이 세탁소 맞은편에 찌그러지듯 박혀 있는 빵집에서 내가 좋아하는 구루무빵[132]하고 앙꼬빵[133]을 사주시면서 4학년에 올라가도 공부 잘하고 일기를 잊지 말고 매일 쓰라고 하셨다.

　개근상도 우등상도 받은 3학년이 끝나던 날은 친구들하고 헤어지는 것도 선생님한테 마지막 인사하는 것도 내 마음의 한 부분이 떨어져 가는 듯 아련히 가슴이 저려왔다. 다들 나가고 교실이 비었을 때, 선생님 드리려고 내가 만든 책꽂이를 셀로판 종이에 싸서 슬며시 선생님한테 내밀었다. 선생님이 통신표에도 쓰셨듯이 나는 '말이 적은' 아이라 말도 없이 그냥 드린 거다. 토끼 풀 뜯으러 갈 때마다 눈이 빠지도록 찾았던 네 잎 괭이밥을 책 사이에 넣어 말려 두꺼운 도화지에 붙이고 초록색 색종이로 도화지 끝을 둘러낸 책꽂이였다. 이파리가 4개 달린 괭이밥은 가지고 있으면 행운이 따른다는 것을 동화책에서 읽은 후로 죽어라고 찾았던 것이다. 선생님도 나한테 책 한 권을 주셨다. 《프랑다스의 개》였다. 첫 페이지에, '사랑하는 제자에게'라고 쓰여 있었다.

새 학년에 새 학기가 시작되는 날, 4학년으로 올라가는 날, 운 좋게 담임 선생님이 첫눈에 맘에 들었다. 유난히 점잖아 보이셨고 조용조용하게 말씀하시는 선생님이셨다.

좋은 담임 선생님 반으로 떨어져 안심하고 집에 오기가 바쁘게 새 학년 책을 받을 때마다 하는 놀이를 시작했다. 새 학년 새 학기에 뭘 배울 건가? 새 책들을 이리저리 뒤적이다가 언니, 동생이랑 책 하나를 아무데나 열어 거기에 있는 사람 수를 세어 누가 제일 많은 사람을 찾아내는가를 내기하는 놀이였다. 이 놀이에는 산수책보다는 바른생활 책이나 사회생활이 더 쓸모 있었다. 새해가 될 때 버리는 달력을 모아뒀다 그림이 없는 하얀 쪽이 밖으로 나오게 책가위로 쌌다. 책가위의 또 하나의 쓸모는 세뱃돈 남은 것을 그 속에 집어 넣어 간수했다가 꼭 필요할 때 살짜기[134] 열어 몇 푼씩 끄집어내서 쓸 수 있는 것이었다.

귀 빠진 날과 외갓집

햇살이 따뜻해지면 우리 부엌에도 봄이 찾아온다. 쌀을 뒤주 속에 떨어지지 않게 준비해놓듯이 부엌에는 저수지처럼 크고 깊은 콘크리트 물독이 있어 수도물이 끊기는 날[135]도 밥을 하고 나물 씻을 물이 동나지 않게 했다. 한겨울에는 얼음을 깨야 바가지를 넣어 물을 떠냈던 게 봄날이 오면 물독 위에 떠다니는 얇은 수정 얼음을 한 바가지 긁어 오독오독 씹어 먹기도 했다. 바가지는 박을 반으로 잘라 만든 진짜 바가지를 썼는데 이제는 주황색 플라스틱 신식 바가지도 쓰고 있다. 나는 엄마가 깨진 것을 두꺼운 실로 시침해 논 흥부네 집 것 같은 구식 바가지가 맘에 들어 물 마실 때는 늘 그 바가지를 썼다. 진짜 바가지라서 물맛이 더 난다고 믿었다.

개나리꽃이 피면 난 벌써 내 생일날을 기다린다. 눈도 코도 입도 엉덩이도 다리도 나와야 태어났다고 할 수 있는 것이겠지만, 생일날을 귀 빠진 날이라고 하는 것은 당연한 일이다. 귀를 봐야 대통령감인지도 알 수 있으니까. 우리 생일은 해마다 같은 날인데 어른들 귀 빠진 날은 이리저리 옮겨 다니는 것은 알 수 없는 일이다. 달이 반달에서 보름달이 되고 하현달을 거쳐 그믐달 되는 것과 귀 빠진 날이 무슨 상관이 있는지 이해할 수 없었다. 고물을 많이 넣은 팥 찹쌀떡이 더 좋은데 엄마는 해마다 하얀 백설기를 만들어 주셨다. 떡하고 미역국이면 충분하다고 하시면서도 엄마 허락에 4학년 때부터는 제일 친한 친구도 불러 시내에서 제일 잘한다는 여명반점에서 사온 군만두하고 고구마를 튀겨 만든 마탕을 먹으면서 생일을 쇠었다. 엄마가 곗날에 갔다가 모임이 끝나면 꼭 우리 몫으로 군만두하고 마탕을 들고 오셔서 좀 길이 들어 있었다. 특히 엄마가 곗돈 타는 날은 좀 더 푸짐하게 사들고 오셨다. 운 좋은 일요일에는 온 가족이 그 요리집에 같이 가서 탕수육, 난자완스를 짜장면하고 배불리 먹기도 했다. 특히 탕수육은 고기보다도 달짝지근한 국물을 접시가 빤짝거리도록 핥아 먹는 재미에 더 맛이 있었다.

봄바람이라 해도 아직 쌀랑한 4월이 끝나가면 우리 집에서 이것저것 고치고 돌봐주는 박센이 부엌칼들을 모아 봄볕이 따뜻한 뜰에 벌리고 앉아 숫돌에 갈아 날이 무섭게 빤짝거리며 뭐든지 쉽게 썰어내게 만들었다. 엄마는 칼날이 센 칼보다 무딘 칼이 사람을 다치게 한다고 하시면서 너무 갈아 재가 넘으면 그것도 쓸모없는 칼이라고 했다. 너무 잘난 척하다가 자기 술수에 꺾어지는 사람을 재 넘은 사람이라고 부르셨다. 엄마는 부엌방 바닥에

도마 앞에 쪼그리고 앉아 박센이 잘 갈아 논 칼로 이것저것 다듬는 일로 많은 시간을 보내셨다. 아버지 친구가 사냥 가서 잡았다는 꿩을 가져왔을 때도 엄마가 쪼그리고 도마 앞에 앉아 다듬어 우리 식구 모두가 처음으로 꿩고기 한두 점 맛본 적도 있다. 이제는 스텡 밥그릇을 더 많이 쓰지만 봄 되면 놋그릇도 다 찬장에서 꺼내고, 놋요강, 대야, 촛대, 화로 모두 지푸라기에 연탄재를 묻혀 문질러내 푸르름하게 곰팡이처럼 더러워진 때를 닦아내고 광을 내었다. 금색 광채를 내는 놋그릇은 하나하나 광주리에 모아 찬장에 차곡차곡 집어넣어 두고 할아버지 돌아가신 날 제삿날에 다시 쓰는 것이었다.

제삿날에는 우리는 아침부터 외갓집으로 쫓겨났다. 애들이 껄떡대면 음식 장만에 방해만 되고 자기 자식은 제 눈에만 예쁘고 다른 사람 눈에는 쉽게 거슬린다는 게 엄마의 철저한 원칙이었다. 우리가 학교에서 한 일을 어쩌고저쩌고 보고하면 엄마는 흐뭇해하면서 자랑스럽다는 표정이지만 남 앞에서 우리 자랑하는 건 들어본 적이 없다. 귀한 자식들이라 남의 천덕꾸러기 되는 짓은 미리 안 하는 것이 수라고 하셨다. 그래서 우리는 보따리 하나씩 챙겨 외갓집으로 피난길을 나선 것이다.

우리가 대문에서 앞뜰 꽃밭에 들어서면 외할머니랑 외할아버지는 안방 문 조그마한 유리창으로 빼꼼히 보고 계시다가 우리가 디딤돌에 올라서면 얼른 툇마루로 나오셔 "아이구 우리 강아지들 왔네!" 하면서 반가와 하셨다. 난 강아지 아닌데. 대청마루를 할머니는 '간데마루'라고 부르셨다. 안방과 건너방을 연결하는 가운데에 있는 마루라서 그러실 거다. 내가 동생 숙제 해주고 거짓말하다 들킨 건넌방이 이모 방인데 예쁜 신랑신부 인형이 많이 있었지만 조심해서 보고 유리곽 속에 다시 집어 넣어야 했다. 간데마루에 보따리를 던지고 우리 집 하고는 다르고 마당이 집을 두르고 한 바퀴 돌아가고 구석구석 둘러볼 데가 많은 외갓집 탐험이 시작되었다. 꽃밭은 꽃 전문가 작은외삼촌 뜻대로 장미꽃으로 가득 차 놀기가 어렵지만 석류나무 옆 우물가와 장독대는 넓지막해서 숨바꼭질하기에 딱 맞은데 '전설 따라 삼천리'에서 우물 속에 빠져죽은 여자가 밤만 되면 새색시 차림으로 나타나는 이야기도 들어놔서 우물은 쳐다만 봐도 빠질 것 같이 무시무시했지만 나무꾼이 하늘로 올라가 선녀하고 아이들을 다시 만난 것도 두레박 때문이었으니 두레박은 물도 끌어올리고, 사람도 끌어올려 보낼 수 있는 것이다.

간데마루는 큰 통나무를 짤라 잇대었는데 두어 군데는 마루 밑이 보일만한 틈이 있어 엎드려서 눈을 틈 사이에 대고 밑에 가지고 놀만한 뭔가 있나도 살펴보았다. 통나무는 요안나가 그린 나무 둥지처럼 오묘한 무늬도 있었는데 오랫동안 할머니 버선발이 스쳐간 흔적인지 부드러운 광채에 따뜻함을 느끼게 하는 마루짝이었다. 동생이 밑을 살피다 마루 밑 구석에 쥐 잡으려고 쥐약 묻

꼬마가 터를 잘 팔아 태어난 남동생과 함께

힌 마른 멸치를 뿌려 논 것을 집어 먹어 외할머니가 업고 아버지 병원으로 뛴 적도 있다. 쪼끄만한 게 뽀시락 장난[136]에는 일등으로 외갓집만 가면 사고를 친다. 외할머니가 아껴 농에 싸두셨던 봉지에서 꺼내주신 얼음과자나 매옴하고 달콤한 편강쪼가리나 입을 '후-후-' 불어대며 먹었으면 됐지… 외할머니가 늘 터를 잘 팔아[137] 사내 녀석 남동생을 달고 나왔다고 하니까 우쭐대며 달랑

쇠가 된 거다. 고추만 달고 나오면 장땡인가?

　피난 생활을 마치고 집으로 돌아가면 친척들이 싸가고 남은 제사상에 올랐던 고기, 생선, 나물, 과일들은 우리 차지가 됐다. 아버지가 여섯 살 때 돌아가신 할아버지를 위한 날이라는 것 외에는 제사는 무엇인지 어떻게 하는 건지 몰랐지만 난 무엇보다도 율과와 섬세한 무늬로 오려진 마른 문어 다리에 제일 맘이 끌렸다. 자수를 놓은 듯이 뜨개질을 하듯이 하나도 흩어지는 데 없이 뭐든지 곱게 해내는 엄마 솜씨가 유리창에 추운 날 생겨난 성에, 아니면 하나하나 모양새가 다른 눈송이처럼 오려내진 마른 문어 오림은 돌아가신 할아버지도 며느리 정성에 흐뭇하셨을 거다.

　밤을 삶아 찧은 다음 계피가루로 맛을 돋워 별, 초승달, 눈물방울 모양으로 빚어내서 가운데에 잣 하나를 꽂아 마무리한 율과는 아버지 생신 때 손님 접대할 때와 제삿날에 엄마가 정성 들여 만들어내신 거다. 쫀득쫀득 짙은 밤색기가 자르르 흐르는 연근조림도 우리 몫이 남아 있나 살피고, 곶감 귀신이 들은 나는 호랑이보다 더 무섭다는 곶감을 좋아했는데 그래서 시원한 수정과는 언제나 환영이다. 신선로는 은행 맛이 맘에 안 들어 별로였고 전이나 도라지나 고사리 나물, 떡, 과일은 추석이나 설날에도 차리게 되니 껄떡댈 필요가 없었다.

더위 나기와 홍시감

왜 당산나무라고 부르는지는 몰랐다. 아버지가 일하시던 대학병원에 가는 길목에 자리 잡은 당산나무는 그 이파리가 하늘을 다 덮어버린 듯 옆으로도 위로도 한없이 펼쳐내고 그 밑 평상 위에 동네 할머니, 할아버지들이 모여앉아 할아버지들은 장기를 두고 할머니들은 대나무살이 갈쿠리처럼 드러난 종이부채를 살랑살랑 흔들며 더위를 식혔다. 우리는 마당에 바케스로 찬물을 뿌려 열이 좀 식나 해도 여전히 뜨겁기만 해서 밥 먹을 때는 펄펄 김이 나는 밥을 찬물에 씻어 먹었다. 온통 땀으로 목욕하듯 더위도 우리 식구는 항상 곧바로 해낸 밥이라야 한다는 것이 엄마의 또 하나의 원칙이었다.

더운 날 손님이 오면 쏜살같이 서석옥 얼음공장에 달려가 솜구름처럼 찬 김이 오르는 얼음 통에서 우리 엄마 사각 벼루집만한 우유색 얼음을 사오면 엄마가 얼음을 손바닥에 받치고 칼등으로 탁탁 쳐서 조각으로 부수었다. 상큼한 오렌지맛 나는 가루[138]를 시원하게 탄 후 얼음을 둥둥 띄워 손님들을 대접했다. 손님 대접으로만 쓰는 귀한 오렌지가루였다. 가족이 둘러앉아 수박 먹을 때도 먼저 얼음공장으로 달렸다. 수박 위를 동그랗게 짤라내고 얼음 조각을 넣고 설탕도 조금 넣은 다음 파먹기 시작하면 오금에까지 미끌미끌 모이던 땀방울이 걷혀지는 듯했다.

친구들하고 누가 아이스케키 막대기를 제일 많이 모았나 내기를 하면 그 많은 아이스케키를 나만 빼고 다들 빨며 더위를 식힌다는 게 뻔했다. 여기저기 쫓아다니며 길에 버려진 아이스케키 막대기를 주워 치마에 모으는데 손이 흙손이 되고 얼굴에는 땀이 질질 흘리도록 뛰었다. 아이스케키는 병 걸린다고 못 먹게 했던 엄마가 알면 깜짝 놀라실까? 그래도 우리는 보자기처럼 치켜올릴 수 있는 치마였으면 되는 놀이가 재미있었다.

더위가 수그러지지 않고 기세를 부리면 우리 가족은 물이 흐르는 산이나 계곡으로 하루 잡아 놀러나갔다. 우리는 신나 하는데 엄마는 준비하느라 더 더워지셨던 것 같았다. 수박도 두어 덩이 사고 닭도 두어 마리 삶고 겨자채도 만들고 마후병[139]에는 차디찬 커피도 담아 계곡으로 향하였다. 도착하면 곧바로 수박을 시원한 계곡 물에 담그고 반반하고 널찍한 바위를 찾아 멍석을 깔고 계곡 속의 만찬을 준비했다. 계곡의 여울물은 밑까지 환히 보이는 투명의 물세계인데, 엄마가 만들어주신 삼각 빤스로 물장난 하러 발을 담그면 미꾸라지들이 스케이트 타듯이 지나 발목을 '물결이 살랑 어루만져' 주었다. 물속에 손을 넣어 엄마 살결만

더위 나기

엄마가 만들어준 삼각 빤스 입고 물장난

우리만 장난 꾸러기인 줄 알았는데

큼이나 보드라운 반들돌도 몇 개 고르고 햇살에 퍼져가는 물비늘
이 그리는 무늬는 만화경을 보는 듯 했는데, 계곡은 우리 응접실
에 걸려 있는 붓그림처럼 높고 낮은 산봉우리에 오묘하게 휘어진
소나무가 고요한 산길을 지키는 듯한데 산길을 올라가는 선비도,
새 각시가 가마 타고 먼 동네로 시집가는 것도 보이는 듯했다.

엄마가 정성스럽게 싼 찬합을 열면 유부초밥에, 오이김치, 까
지김치, 미역채, 삶은 닭다리. 푸짐한 점심에 빨갛게 익은 수박으
로 입가심하고 나서 둘러앉아 어른들은 이야기를 나누고 우리는
공기놀이도 하고 실뜨기놀이도 하는데 그때 세상에서 우리 가족

추석 때 엄마가 만들어준 바지 자랑

이 제일이고 우리 엄마, 아버지가 세상에서 제일 좋은 부모님이라는 생각이 저절로 생겨났다.

추석이 되면 엄마는 우리들 새 옷 만들기에 바빠졌다. 고향에서 입구멍 때울 길이 없어 엄마가 데려와 우리 집에서 일 도우는 언니들도 꼭 우리하고 같이 새 옷을 만들어주셨다. 길순이 언니는 엄마가 나서서 포목점 신일상회[140]에서 혼수감도 서운하지 않게 장만해서 시집도 보냈다. 포목점은 신발 벗고 장판방에 올라 앉으면 옷감들이 차곡차곡 천장에 닿을 만큼 쟁여져 있어 가게가 통째로 색동에 휩싸인 듯했다. 치마, 저고리, 두루마기 감은 물론이고 이불 홑청 감도 색색으로 옷감 종류대로 골라내기가 수월하지 않았는데, 흔한 포프린이나 민무늬 모시보다는 양단, 공단, 뉴 똥, 비로드를 포목점 아주머니가 이 원단 저 원단을 펼쳐내면 시간 가는 줄 모르고 엄마는 이리 대보고 저리 대보고 하셨다. 그렇게 해서 골라낸 보라색 비로드에 띄엄띄엄 잔잔한 이파리 무늬가 있는 두루마기는 내가 엄마 옷 중에서 제일 좋아했는데 오빠 졸업식 때 같은 특별한 날에만 꺼내서 입으시고 고히 다시 옷장으로 들어갔다. 올해 추석 때는 동생이랑 나랑 똑같이 초록색에 밤색 줄이 그어진 신식 칼라 옷감으로 앞으로 똥그란 주머니를 달아 만든 바지에 밤색 윗도리를 엄마가 만들어주셨다.

추석 때는 명절이라고 사과 궤짝, 설탕 부대, 미원 세트, 영광 굴비, 말린 새우, 표고버섯도 선물로 들어왔다. 푹신푹신한 카스테라 빵도, 나마가시[141]가 종류별로 들어있는 과자 상자도 흔히 주고받았다. 어쩌면 그렇게 색색으로 만들어내는지 맛보다도 과자상자를 들여다보는 게 더 흐뭇했다. 우리도 여러 군데 선물을 싸들고 뛰었는데 모르는 동네도, 멀리 걸어가는 곳도, 아버지가 그려준 지도대로 따라 선물 배달을 하였다. 사과는 홍옥이고 배는 나주산 이마무라[142]가 일반적으로 우리 집에서는 인기가 있었다. 다들 모여앉아 송편을 빚었는데 우리 집에서는 조그마한 반달 모양으로 쑥을 넣은 녹색, 또 그냥 하얀 송편은 속이 앙꼬였다. 나는 홍시감 대장이었는데 너무 많이 먹으면 할머니 앞에서 엉덩이 까고 글리세린을 발라야 똥이 나오니 그건 어떻게 해서든지 피해야 했다.

엄마, 아버지의 베풂의 손 덕에 명절때면 뭔가라도 받아갈려고 들락거리는 사람이 많았다. 평소에도 들린 사람들도 뒤주에서 쌀 한 바가지라도 싸서 보내는 엄마였지만 명절만 되면 집안이 더 붐비고 소란스럽다고 생각했다. 그렇지 않아도 식구 많은 우리 집은 우리 6남매에 할머니, 집이 어려워 부모님이 대신 대학에 보낸 친척 오빠, 일 도우러 밥줄 잇기 어려운 시골서 온 언니들을 부모님이 모두 도맡은 것이다. 어떤 때는 우리 식구가 도대체 몇 사람인가? 물으면 헷갈리기도 했다. 엄마는 늘 받는 것보다 주는 것이 더 기쁜 일이라고 하셨다.

추석이 지나가버린 가을은 쓸쓸한 계절이었다. 모든 것이 죽어야 다시 살아난다는데 상록수처럼 마냥 살아서 늘 푸르면, 홍시감도 맛볼 수 없고 노랑 은행잎도 못 볼 거니까 가을이 오나 보다. 양철집 담 위로 지붕까지 감나무 이파리가 불구죽죽하게 새 옷을 갈아입고 홍시감이 찬바람에도 빨갛게 물들어가는 것이 쓸쓸한 가운데서도 무척 아름답게 보였다. 그때쯤 나무들이 옷을 온통 벗어버리기 전에 빨갛게 물든 아기 손 같은 단풍잎도 정원에서 따고 외갓집 가는 길에 있는 은행나무의 노란 부채들도 모아 책갈퀴 속에 꽂아 넣어두었다. 우리 뒤뜰 벽에 어렵사리 붙어 겨우 커가는 석류나무에 힘들게 빨간 석류가 열리면 한없이 반가웠다.

추워지기 시작하면 친구들이랑도 집 안에서 노는데 우리 방에 있는 이불장은 위층 아래층이라 그 속에 들어가 비밀 이야기도 하고 말 이어가는 놀이도 했다. "원숭이 똥구멍은 빨개, 빨가면 사과, 사과는 맛있다, 맛있으면 바나나, 바나나는 길다, 길면 기차, 기차는 빠르다, 빠르면 비행기, 비행기는 높다, 높으면 백두산…." 한없이 붙여 나갈 수 있는데 창경원에서 본 원숭이 똥구멍이 빨갰든가 별로 기억이 안 났고, 바나나는 먹어본 적이 없어 맛있는지도 모르고 내가 탔던 기차는 한참 늦었었지만 말마다 따지면 재미가 없어지는 놀이다. 빨리빨리 장단 맞추어 넘어가야 하니까.

화투를 두 손에 한 장씩 들어 흔들리지 않게 조용히 맞추어 이층집을 쌓는 놀이도 했는데 민숙이는 늘 돈 따먹는 화투치기를 더 좋아했다. 우리가 화투에 능숙치 못해 재미없다면서 이불속에서 다 벗고 병원놀이 하자고 했지만 아랫도리 야물게 다스리라는 엄마 말이 귀에 쟁쟁하여 또 담배사건 때처럼 들킬까 봐 엄두를 못 냈다. 민숙이가 혜경이네 집에서 시체놀이를 재미있게 했다면서 졸라대기에, "방에서 타는 그네 알아?" 하면서 우리 방 그네를 보여주었다.

방 한쪽을 꽉 채운 큰 장롱은 가운데에 붙밖이 경대처럼 거울

하고 조그마한 서랍이 위아래로 붙어 있고 양쪽으로는 손잡이가 달려 왼쪽은 왼쪽으로 열리고, 오른쪽은 오른쪽으로 열려 속에 옷을 걸게 되어 있었다. 밑은 서랍장으로 이불 홑청, 홑이불이나 보따리들을 집어넣었다. 오른쪽 장롱 문고리에 큰 보따리를 길게 만들어 걸어 타면 장롱 문이 열렸다 닫혔다 하면서 타는 것이 우리 방 그네. 차례대로 '휙-휙-' 타면서 "향단아, 이도령은 어디 있는 게냐?" 하면서 깔깔대고 있는데 와장창 하고는 '쾅-쾅-'. 농 위쪽이 벌렁 넘어와 방바닥으로 내동댕이쳐진 것이다. 그 놈의 장롱이 허리에서 나누어져 세워 놓으면 하나지만 사실은 두 쪽인 것이었다. 우리 방에서 나오는 폭탄 터지는 소리에 엄마가 쫓아 왔을 때는 엄마는 우리가 밑에서 다 깔려 죽은 줄 알았다고 하셨다. 방 유리창 밑에 있던 앉은뱅이 조그만 책상에 농이 걸려 그 조그만 사이에 숨도 안 쉬고 놀란 대로 굳어 있는 우리 넷을 엄마가 하나씩 건져 내셨다. 내 앉은뱅이 책상이 또 한 구실을 한 거다. 민숙이는 그 뒤로는 다시는 병원놀이 하자는 말이 없었다.

탄일종과 새해

초겨울 밤새에 온 도둑눈이 하얗게 쌓인 우리 골목. 학교 가기 전에 우리 대문 밖부터 쓸고 나서는데 옆집 문에 새끼를 꽈서 고추가 사이사이 매달린 목거리[143]가 걸려 있었다. 세상이 하얗게 변하면 두 눈은 말할 것도 없고 또 다른 느낌이 손에도, 귀에도, 코에도 와닿은 듯했다. 눈송이는 반복 없이 하나하나 모양이 다르고 유리창에 끼는 성에도 우리 엄마가 얼음으로 수를 놓은 것처럼 촘촘하고, 우아하고, 섬세했다.

유리창에 입을 대고 '호-호-' 불어 비눗방울처럼 동그라미가 번지게도 해보고, 손톱으로 긁어 뾰쪽뾰쪽 얼음으로 덮인 에베레스트 산도 만들어냈다. 학교에서 실컷 눈싸움을 하는데 사내 녀석들은 눈을 뭉쳐 등 뒤에 넣고 도망가기 일쑤였다. 버버리장갑도 눈에 흥청흥청 젖고 손발도 땡땡 얼어 집에 오면 먼저 손발을 아랫목에 묻어 녹혀야 했다. 때를 안 놓치고 지붕 밑으로 매달린 수정 고드름을 따서 입에 넣어 오드득 오드득 얼음과자인 양 뿌셔먹고 뽀드득 뽀드득 소리가 나는 함박눈은 찰떡처럼 뭉쳐서 눈

사람을 만들어 연못 옆에 보초 서라고 세웠다. 눈이 녹기 시작하면 장독들이 동그란 하얀 털모자를 쓰고 뒤뚱뒤뚱 걷는 오뚜기 인형들 같았다.

올해는 애기동지가 아니어서 새알심이 먹음직하게 뜬 동지죽을 시원한 신건지랑 흠뻑 먹고 괜히 설레며 크리스마스 때 친구들하고 '올 나잇'[144]할 작전을 짰다. 먼저 쓸 만한 방을 구해 그 부모님 허락을 받은 후 각자 밤새 친구들하고 노는 것을 허락받아야 했다. 우리는 아버지가 변두리에서 교감선생님인 현숙이네 삼촌이 군대 가서 방이 빈 것을 놓칠세라 짜냈다. 공부 잘하는 누구누구도 올 거다랄까 아니면 5학년 올라가면 친구들하고 뿔뿔이 헤어질 거라는 둥…. 나는 뜻밖에 엄마가 선뜻 허락하신 것은 교감선생님 집이었기 때문이었을 것이다.

겨울방학이 시작되어 겨울방학 공부 책을 받은 날 우리는 이틀 후에 '올 나잇'에서 만나기로 했다. 어둑어둑해질 때 현숙이 집에 모여 은박지 금박지 종이로 고리를 만들어 길게 엮어 방 여기저기에 걸고 반짝거리는 색종이도 뿌리고, 미리 20원 주고 사다 논 '축 성탄'이라고 써진 종이 등도 걸고 민숙이가 가져온 트란지스타 라디오도 틀어 흥을 돋우었다. 아버지가 모아서 집으로 가져오시는 크리스마스카드들 중에 반짝거리는 은가루가 붙어 있는 것들을 짤라 유리창에도 붙이고 실을 꿰어 걸 수 있는 데면 다 걸었다.

요안나는 아버지가 많이 아파서 오지 못했는데 현숙이 집에 오는 길에 들러 오빠가 서울서 사온 은색 종이에 싸진 초코렡을 크리스마스 선물로 주었다. 요안나는 사생대회에서 일등 난 실력으로 직접 만든 크리스마스카드를 나에게 주었다. 하얀 눈에 살짝 덮인 크리스마스 나무에 금색별이 한아름인데 '하느님의 은총이 나의 영원한 친구와 함께'라고 썼다. 내 손을 꽉 잡으면서 요안나가 아픈 아버지를 위해 '기쁘다 구주 오셨네'를 '올 나잍' 할 때 불러달라고 했다. 그날 처음으로 학교 행사에 오지 않았던 요안나 엄마도 보았다. 요안나의 보조개가 거기서 온 것도 그때 알게 되었다.

우리는 뺑 둘러 앉아 어떤 크리스마스 선물을 제일 받고 싶은가를 비교해보았다. 민숙이는 빨간 비옷을 받아 비오는 날 빨간 구두를 신고 '똑―똑― 구두 소리'145를 내며 영화 주인공처럼 멋있게 걸을 것이라고 했다. 현숙이는 5학년 때 반장으로 뽑히고 싶다고 했고, 진성이는 비행기 타보는 것이었다. 나는 글 잘 쓰는 요술 연필을 받고 싶다고 했다. 민숙이가 "그런 건 없으니까 넌 선물 못 받겠다." 해도 아랑곳하지 않고 그 연필이 내 마음 속에서 나오리라 믿고 싶었다. 우리는 잠이 와서 눈이 시들시들해질 때 노래를 불렀다. '탄일종이 땡땡땡 은은하게 울린다'도 '고요한 밤 거룩한 밤'도 불렀는데, 나는 요안나가 원한 대로 친구들과 함께 요안나의 아버지를 위한 찬송가도 불렀다. '올 나잍' 하겠다고 모인 우리들은 몰려오는 잠에 눈이 다 풀어지고 할 이야기도 동이 나 그냥 집으로 달렸다. 크리스마스 새벽 부시시 눈을 뜨며 선물이 있나 머리 위를 만져보았다. 만져보니 뿌지직 소리가 나 벌떡 일어나 앉아 동생을 깨웠다. 과자, 사탕, 껌이 듬뿍 머리 위에 놓여 있었던 거다. 못된 짓 많이 했는데도 산타크로스가 잊지 않고 선물 가져다준 것이 신기하기도 하고 오지기도 했다.

방학인데도 1월 1일에는 학교에 갔다. '기쁜 마음으로 정월 초하루를 맞이하였다. 단정히 차리고 학교에 갔다.'라고 1965년 새해 일기에 썼다. 어른들 생신처럼 설날도 매년 이랬다 저랬다 다른 날로 떨어졌는데 항상 모지게 추운 한겨울에 왔다. 설날은 추석보다 더 미리 준비할 게 많아 며칠 전부터 어수선하고 소란했다. 떡국떡도 빼내와 적당히 굳어지면 썰어내야 하고, 쑥떡, 인절미에 설날 상 차릴 반찬도 미리 준비했다. 제일 큰 명절이라 선물 주고받는 일도 며칠 계속되었고 나는 선물 보따리를 들고 이 집 저 집 뛰었다. 설날 아침에 어떻게 앉아서 세배하는 것이 옳은가도 친구들하고 연습도 했지만 막상 세배 절을 할 때는 어색하고 부끄럽기도 해서 빨리 앉고, 빨리 꾸벅 하고 빨리 일어섰다. 세뱃돈은 내 비밀은행 책가위 속으로 들어가 꼭 필요할 때는 요긴하게 쓸 수 있어 내가 근천 떨지[146] 않는 데 큰 역할을 했다.

그때쯤에는 우리 방 창문에 담요를 걸어 찬바람이 안 들어오게 하고 방 들락거릴 때도 방문을 꼭꼭 닫아야지 안 그러면 꼬리 길다고 빈정을 받았다. 이때가 위험 시대다. 하루는 일어나 할머니 방 앞에 있는 요강을 찾으러가다가 쓰러졌다. 동생도 일어나면서 꼬꾸라졌다. 엄마는 장롱에 깔려 죽을 뻔했는데 연탄가스 중독으로 큰일 날 뻔했다면서 크게 숨을 쉬셨다. 머리가 아프고 멍했지만 학교 빠지는 것은 있을 수 없는 일이라 늦게라도 학교에 갔다. 우리 방 구들장에 금이 갔는지, 연탄가스 때문에 처음으로 지각한 거다.

교실은 항상 추워 얼어붙은 손으로는 연필도 책도 말을 안 들었다. 나는 해마다 손과 발에 얼음이 들어 간질간질하고, 학교 갔다 오면 손을 아랫목에 묻어 녹히고, 얼음 빠지라고 자기 전에 뜨겁디뜨거운 물에 손발을 오랫동안 담갔었다. 엄마가 짜준 버버리 장갑도 힘을 못 써 난 에베레스트 산에 올라가기는 틀린 것 같다. 학교 갔다 오면 땡땡 얼은 손을 화롯불에 녹히면서 적쇠 위에서 말랑말랑 구워지는 인절미를 먹는 것은 동상 걸린 손발의 대가였나 보다. 밤이 길어질수록 자기 전에 뱃속이 가난해졌는데 시원하게 땅에 묻어둔 생무시를 깎아 먹거나 생고구마도 뒤지지 않았는데 밤고구마가 아닌 물고구마라야 이마무라 배처럼 촉촉하고 산뜻한 구실을 해냈다. 생무시는 머리 쪽은 퍼렇고 뿌리 쪽은 하얀 늘씬 통통한 무시가 으뜸인데 맵지 않고 바람이 들지 않아야 한다. 사람이나 무시나 바람 들면 쓸모없게 되는 것이다.

봄, 여름, 가을, 겨울, 계절이 오고 지나가듯 사람의 삶에도 계절이 있다는 것을 글짓기대회에서 썼다. '공원의 돌층계'라는 제목이었는데 돌층계가 지켜보는 하나의 삶을 적어내보고 싶었었다. 애기였을 때 엄마 품에 안겨 섬돌을 오르고, 좀 더 크면 할아버지 손을 잡고 오르고, 다음에는 씩씩하게 혼자 뛰어 올라간다. 몇 년이 지나면서 걸음이 느려지고 나중에는 발이 셋이 되어 천천히 층계를 오른다는 것을 시로 써냈었다. 계절이 바뀌면서 모든 것은 죽어야 다시 태어난다고 하는데 그럼 장숙이도 다시 태어났을까? 지팡이 짚고 느릿느릿 섬돌을 올라가시는 할아버지도 다시 태어날 준비를 하시는 걸까? '개똥밭에 굴러도 이승이 낫다.' 하고 '죽은 정승보다는 살아 있는 개가 낫다.'는 것은 또 무슨 소리인가? 데레사 수녀님은 '사람은 흙에서 낳아 흙으로 돌아간다.'라고 하셨는데, 그럼 내 귀도 흙으로 돌아가는 건가? 글짓기대회에서 은상을 받아 멋진 상패를 받았지만 장숙이가 어디 있는지는 알아낼 길이 없었다.

바둑이와 개차반

　나는 자음과 모음이 어울려 말이 되고, 말이 엮어져서 이야기가 되는 게 사람이 가진 귀중한 무기라고 생각했다. 잘 쓰면 도움이 되고 잘못 쓰면 해가 되는 그런 무기인 것이다. '말 한 마디로 천 냥 빚도 갚는다.'고 했지만, '한 입으로 두 말 하면 안 되고', '입은 삐뚤어져도 말은 바로 하라.'고 했다. 말은 씨가 되기도 하고, 발도 없는 말이지만 천리를 감에, 말수는 적을수록 좋다고도 했다. 엄마 아버지는 말이 '청산유수'인 사람은 딱 질색하셨다. 엄마는 늘 다소곳한 여자가 되어야 한다고 하셨지…. 나는 '글 속에 글이 있고, 말 속에 말이 있다.'는 게 글짓기대회 나갈 때 두고두고 새긴 절구였고, 같은 말이라도 '아 다르고 어 다르다.'는 것이 수첩에 이런 저런 표현을 모으기 시작한 이유였다.

　나는 외할머니한테는 언제나 강아지였는데 놀다가 무릎이 깨져 피가 나거나, 감기 걸려 조금만 콜록거려도 "우리 강아지를 누가 이랬냐?"고 하셨다. 강아지처럼, 바둑이는 정답고 멍멍이도 귀엽지만 같은 말이라도 다르게 표현하여 그 강아지가 개새끼가 되면 걷잡을 수 없이 개똥 같은 신세가 된다. 강아지는 어차피 개가 낳은 새끼인데도 우리는 유난히 개 타박이 심했던 것 같았다. 개고생, 개꼴, 개꿈, 개떡, 개망나니, 개차반에 맨 마지막도 개죽음이다. 귀부터 발까지 개의 모든 것이 빈정거릴 때 쓰인다. 개귀에 방울, 개 대가리에 관, 개발에 버선, 하물며 침까지도, 개침을 흘리면 안 되고…. 딱 하나 골라 신나했던 것이 김소월이 이야기한 개버들인데, 개하고는 상관없는 개울가의 버들이란다. 프랑스의 개는 끝까지 네로의 진실한 친구로 남아 같이 얼어 죽었는데, 그 개의 마음은 우정과 사랑이었는데.

　무슨 뜻인지 모르는 말은 적어 놨다가 사전에서 찾아보았다. 한자가 수두룩 들어 있고 오래되어 노리끼리한 우리집 사전이라 찾아봐도 선뜻 알아내기가 쉽지 않아 우리는 뜻도 모르고 쓰는 말이 많은 건가 아니면 내가 아직 못 배워서인가? '눈빛은 말똥말똥,' '포도는 싱글싱글'처럼 그냥 듣기 좋은 말들도 모아보고, 오묘하게 어우러지는 말들은 귀에 와 닿으면 나중에 써먹을 욕심으로 열심히 적어놨다. 해오라기, 노적가리, 뒤웅박, 쭉정이, 도르래, 도투마리, 패랭이와 같이 수없이 많은 아름다운 말 모으기에 나선 것이다. 이번 새해 선물로 제일 반가웠던 것은 서울에서 큰외삼촌이 보내준 원고지 공책이었다. 그 속에 "새해를 맞아 더 좋은 글을 짓기 바란다."라고 씌어져 있었다. 10월에 문예부에서 글짓기 시합에서 '우유 배달 아저씨', '신문 배달', '우체통' 중 하나 골라 글을 쓰는 건데 나는 오빠한테 편지 쓰고 답장 받게 해주는 우체통이 고맙다는 글을 써서 일등상을 받았었다.

우리 식구만이 쓰는 말도 적지 않았던 것 같다. 날카로운 칼날처럼 무섭고 섬뜩한 것은 '써무리하다'[147]고 했고 이리저리 끼웃거리며 구경하는 것은 '똘래미 똘래미'라 했다. 엄마한테 입이 심심해서 '뭐 먹을 것 없나?'라고 물으면 대뜸 '개코?'라고 답하셨다. 애들이 영특하면서 약간 여시 같으면 '요시롱 켕켕?'이라 하였다. 맛을 지나치게 밝히면 '먹는 속이 쟁맹이 속'이라 말했다. 어떨 때면 뜻도 알 수 없고, 어디서 어떻게 온지도 모르는 말이었지만 늘 듣고 썼던 말들이었다.

내 일기도 이제는 제법 틀이 잡히기 시작해서 맘에 생겨나는 기분이나 뭔가 바라는 바를 적어넣기도 했다. 선생님이 우리 반에서 좋아하는 친구 이름을 적어내라고 한 날, 난 반장이라 남아서 선생님을 도우는데 큰 동그라미에 1번부터 끝번까지 둘러 좋아하는 사람들을 빨간 색연필로 자를 대어 연결하는 것이었다. 난 내 앞으로 빨간 줄이 하나도 안 올까봐 조마거렸는데 다행히 그런 일은 없었지만 내가 음치라고 놀려먹은 순영이가 나한테 좋아한다는 화살을 보낸 것에 놀랬다. 그날 일기는 사람이 좋아하고 싫어한다는 것이 무엇인가 몇 페이지고 적었다. 일기가 아니더라도 그냥 뭔가 적어보고 싶을 때는 수첩을 꺼내 혼자서 말을 엮어내는 놀이를 했다. 동화책도 닥치는 대로 읽어 오빠가 서울서 새 책을 더 사다주기를 기다렸다. 오빠가 사다준 《소공녀》, 《미운 오리 새끼》, 《성냥팔이 소녀》, 《인어공주》가 들어있는 《안데르센 동화 모음》도 순식간에 다 읽었는데 《희랍신화》는 너무 재미있어 여러 번 다시 뒤적여 봤다. 마녀 키르케한테 잘못 걸리면 머리가 여섯 달린 괴물로 변해버리고 자기 뜻을 거역하면 돼지로 만들어버리는 마법을 가진 여신이었다. 나도 그런 마법이 있으면 사방놀이 할 때 억지 쓰는 동생을 딱따구리로 만들었으면 신날 텐데.

'공원의 돌층계'로 시를 써본 것에 북돋아 교무실 옆에 있는 도서실에서 《한국의 명시》라는 책에서 따내 시절구도 외우기 시작했다. 저울로도 자로도 잴 수 없이 한없이 아름다운 시를 들으면 세종대왕도 우리 겨레를 위해 우리말 만든 것을 흐뭇해 하실 거다. '사뿐이 즈려 밟고 가셔야 할 진달래', '구름에 달 가듯이 가는 나그네', '모가지가 길어 슬픈 짐승', '푸른 웃음 푸른 설움이 어우러진 사이', 그리고 한용운의 '님의 침묵'도 밤에 나오는 트럼펫 소리처럼 가슴앓이를 몰고 왔다. '날카로운 첫 키스의 추억'은 지금까지 못 느꼈던 새로운 설렘을 낳았고 뽀뽀나 입맞춤보다 키스는 뭔가 더 비밀스러웠다. 향기로운 님의 말소리에 귀 먹고 꽃다운 님의 얼굴에 눈이 멀었다는 대목은 두고두고 내 맘에 새겨졌다.

음정 하나하나 모아 곡조를 읽어내는 작곡가처럼 하나하나 말을 엮어 시를 만들어내는 시인도 마술의 재주라는 것을 깨닫게 되었다. 어떤 시인은 잎새에 이는 바람에도 괴로워했다는데 그 사람도 이모한테 거짓말은 많이 했을까? 아니면 동생을 땅바닥에 긁어 밀어냈나? 난 구름도 바람도 봄비도 모두가 하늘이 주시는 선물인가 생각하고 있는데…. 이야기를 꾸려나가는 영화도 볼 기회만 오면 놓치지 않고 다 보았다. 아버지가 100원을 주셔서 언니랑 '요술소년'[148] 보러 동방극장으로 뛴 적도 있다. 가끔 학교에서 단체로 영화 보러 가게 되면 일기에 느낀 바를 자세하게 적어냈다. 큰 자막에 뉴우스를 보는 것도 재미있었는데 단체로 보러 간 '북경의 55일'에는 '물레에다 사람을 넣어 죽이는 것'이 징그러웠다. 중간에 아슬아슬한 것만 나와 나는 볼 수가 없었는데 남자아이 하나가 "아이구 할배 나 좀 살려주시오." 하고 소리를 쳐 우리 모두가 크게 웃어댔다.

선생님이 주신 《프랑다스의 개》는 요안나랑 번갈아 가면서 4학년 내내 읽었다. 요안나는 네로가 바둑이랑 얼어 죽은 성당의 제단에 걸렸던 루벤스의 그림[149]이 궁금하다고 했다. 네로도, 바둑이도, 성냥팔이 소녀도, 왕자 동상 위의 제비[150]도 얼어 죽었다. 우리 집은 웃음과 따뜻함이 모인 곳인데, 세상 한쪽 구덩이에는 눈물의 저수지가 있는가 보다.

이윤복 때문에 눈물의 저수지에 구멍 난 것을 네덜란드 소년이 둑을 막듯이 겨우 막아놨는데 네로하고 파트라슈 때문에 다시 터졌다. 매년 한독제약회사에서 나온 달력은 세계에서 유명한 그림을 모았는데, 그 달력은 아버지가 집에 가져오시면 항상 오빠 몫으로 오빠가 낚아채서 서울로 가져갔다. 내년에는 루벤스의 그림이 끼어 있나 오빠가 가져가기 전에 자세히 1월부터 12월까지 놓치지 않고 봐야겠다.

헤어짐: 우리는 만날 때에 떠날 것을 염려하는 것과 같이 떠날 때에 다시 만날 것을 믿습니다

또 한 학년에 올라가는 건 당연한 일이었지만 나이를 먹을수록 헤어짐도 많아지는 듯했다. 5학년 때는 올라가지마자 헤어짐으로 범버꿍 된 한 해가 시작되었다. 정이 한없이 들고 내 속이 시컴한 것도 아름다운 것도 다 아시는 듯한 4학년 때 담임선생님이 서울로 전근을 가신다고 했다. 새 학년 올라가면 다른 담임선생님을 만나야했지만 멀리 간다 하시니 헤어짐이 두 배나 되는 듯했다. 채점할 때 속이고 100점 맞으려다 들킨 일도 있고, 선생님이 조용히 자습하고 있으라면서 회의 가셨을 때 내가 도적떼 두목처럼 나서서 풍금 치면서 반 전체를 수라장으로 몰다가 잡힌 것도 그 선생님 때였다. 날 싹수가 누렇다고 저버리시지 않으시고 항상 따뜻하게 대해주셨던 선생님이었다.

선생님이 나서서 날 방송국에도 내보내신 것도 생생히 기억하고 있다. 우리 학교 대표로 나가 스승의 가르침에 대한 문구를 읽었던 일이다. '세 살 버릇이 여든까지 간다.'는 속담에서 시작해서 좋은 습관을 일찌감치 기르자는 이야기였는데 "좋은 습관이

4학년의 통신표

(4) 특별활동상황
조회횟수 의 진
개근
구분
학기   활동부서   평   점
1 학기   합창부 (호남예술제 출연)   상 중 하
         어린이회 회장
2 학기   문예부 (대외 행사에 참여)   상 중 하
         어린이회 회장 분단장
자연 체육 음악 미술 실과 반공도덕
종합의견

장래의 인격의 바탕이 된다나요?"가 나의 구절의 한 토막이었다.
선생님이 적어주셨는데 "된다나요?"라는 말이 어색하고 가짜로
서울말 흉내 내는 듯했지만 처음으로 방송 녹화실에 들어가보는
것만도 오진 일이었다. 그 선생님은 내 일기장에도 항상 자세히
이런저런 도움이 되는 말을 차곡차곡 적어 돌려주셨다. 내가 대
충 써낸 부분에도 관심을 두시고 더 왜 즐거웠는지, 왜 화가 났는
지, 왜 공부가 하기 싫었는지를 글로 표현해보라고 응원하셨다.
4학년 10월 22일날 선생님이 적으셨다.

"… 글의 내용이 솔직하고 거짓이 없읍니다. … 글의 대목마다 인미
양의 생각이 잘 깃들어 있읍니다. 좀 더 욕심을 부리면 9월 20일의 봉
사놀이의 즐거움 10월 4일의 공부하기 싫은 까닭 같은 것을 …"

친한 친구들도 뿔뿔이 다른 반으로 갈라져갔다. 다행히 요안나
와 도롱테는 다시 우리 반으로 남아서 그나마 섭섭함을 달랠 수
있었던 거다. 5학년이 돼서부터는 아침반 낮반도 없어지고 학교
는 항상 아침에 가고 교실도 다른 반하고 같은 교실을 차례대로
차지하는 일도 없고 이리저리 다른 학년 교실로 피난 가는 일도
없어졌다. 사실은 4학년 때부터는 남자반 여자반이 갈라지고, 낮
반도 없어진다고 했지만 그래도 낮에 간 일도, 교실을 바꿔 쓴 적
도 몇 번 있었다.

　5학년 새 담임선생님은 2학년 때 선생님이 다시 되었다. 뭐든지 시간이 걸리더라도 꼬박꼬박 설명해주시고 우리가 잘해낼 때까지 되풀이 하시는 좀 쫌생이 같은 그런 선생님이었다. 우리가 잘못하면 언제든지 반성문을 쓰라고 하셔서 우리는 반성문의 도사가 되었다. 크게 화 내시는 일은 드물었지만 너무 답답하시면 '스-스-' 하시면서 코가 벌렁벌렁, 입술을 오르락내리락 벌렸다 닫았다 하시면 오른쪽 앞 이빨이 갸우뚱 왼쪽 이빨 위로 포개진 앞니 두 개가 보이는 것이 난 차라리 정다워 보였다.

　'자유통일 위해서 조국을 지키시다 조국의 이름으로 님들은 뽑혔으니'[151] 월남으로 파병된 군인 아저씨들한테 위문편지를 쓰는데 삼월이가 '아저씨의 명복을 빕니다.' 하고 끝낸 것을 보시고 선생님 앞니빨 두 개가 나섰다. 그날부터 우리는 매일 뜻도 모르고 쓰던 말들 하나하나 설명해 주셔서 까막눈에서 벗어났다. 춘부장은 살아계신 남의 아버지를 높여 이르는 말이어서 자기 아버지를 춘부장으로 부르는 것은 우리 동네 아저씨처럼 흉이 되는 것이다. 집에 불 나갈 때 전화 거는 곳은 축구소가 아니라 측후소인 것도 이제야 알게 되었다.

　남편 죽은 후 아직 살아 있는 여자가 미망인이고, 태어나기 전에 아버지를 여의면 뱃속에 남은 유복자가 된다는 것도 알게 되었다. '자·축·인·묘·진·사·오·미·신·유·술·해.' 무슨 띠인지 알아내는 것도 처음으로 배웠다. 아름다울 '미', 미국 '미'에 양띠 '미'

이니 나는 '미'로 넘어가는가 보다. 뜻도 모르면서 무턱대고 쓰는 말이 너무 많은 것은 녹슬은 무기 들고 싸움터에 나가듯 사람 사는 데 꼭 필요한 말이 비실비실 제대로 힘을 못 쓰게 된다고 생각했다. 아수라장이 된 교통을 정리하듯 말 정리하는 말 순경이 필요한 것이다.

5학년이 되고 나서는 일제고사도 더 잦아지고 '지식은 힘이라' 좋은 중학교에 들어가는 것이 성공의 첫걸음이라고 선생님도 말 끝마다 입학시험 이야기였다. 세상에 태어나 주춧돌이 되려면 공부를 잘해서 좋은 학교를 들어가야 하고 그렇지 못하면 큰 인물 되고 싶은 꿈은 물거품처럼 사라진다고 하셨다. 그 준비는 딱 닿아 6학년이 아니라 미리 5학년 때부터 시작해야 한다는 게 선생님의 뜻이었다.

반성문 다음으로 선생님이 좋아하신 것은 학급회의였다. 얄궂은 사회봉도 준비해 오셔서 난 여지없이 교단으로 끌려가 회의를 꾸려나가야 했다. 4학년 때 방송국에 나가는 것만도 부들부들 떨렸는데 이제는 임금님이 어전회의 하시듯 격을 갖추어 학급회의 훈련을 받게 된 것이다. 선생님은 한술 더 떠서 6학년 때 전교회장 선거에 출마할 준비로 다른 사람 앞에서 하는 연설 훈련도 해야 된다고 하셨다. 선생님의 이 계획에서 빠져나올 궁리를 아무리 해도 꽁무니 뺄 도리가 안 나왔다. 하루는 학급회의 직전에 점심 먹은 게 체해서 배가 아프다면서 아픈 척 하고 보건실로 달렸는데 얄팍한 변명은 먹히지 않은 게, 혜영이가 "너 배우 되기는 틀렸다. 포기해라!" 하고 묻지도 않았는데 넌즈시 충고를 했다.

학급회의는 주로 시험 준비나 쉬는 시간에 대해 이리쿵저러쿵 의논하는 것이었는데, 시간이 길다 짧다 등 그저 그런 이야기인데 그래도 진지하게 이끌어 나가야 했다. 순영이가 내세운 무인 상점은 다른 반에서도 의논이 되어 결국은 학교 입구에 설치되었다. 남이 안 봐도 정직함을 기른다는 목적으로 교문에 들어서자마자 코딱지만한 문방구가 차려졌는데 밖에 놓인 책상이라 비 오는 날은 문을 잠그는 임시 가게였다. 사고 싶으면 가게 주인이 없어도 돈은 돈 바구니에 넣고 가는 것이었다. 난 괜히 돈을 내도 사고가 터질 듯해서 무인상점 근처에도 안 가고, 쳐다보지도 않고 교실로 직행했다.

선생님 때문에 전교회장 선거에 얽히게 된 것은 선거에 출마한 6학년 언니한테 표 찍어 달라는 지지연설 같은 것을 해야 되는 날 잠도 설치고 경황 중에 할 말을 써놓은 종이도 잊어버리고 집에 두고 온 결과 창피한 꼴을 당하게 됐다. 준비해 둔 연설을 미친 듯이 찾다 포기하고 올라간 강당 무대는 도살장이었다. 무슨 말을 어떻게 해야 할지 첫마디가 안 뚫렸다. "저, 저, 저는 오늘 경자 선배의 칭찬 말씀을 드리겠습니다." 강당 전체가 와르르 웃음 바닥이 되었다. "칭찬 말씀?" 이런 우스꽝스러운 똥걸레 같은 첫 대목은 어디서 뛰쳐나온 건가? 아, 어떻게 이 궁지에서 나오는 거지? 난 어려울 때면 나오는 내 버릇대로 주먹을 살며시 야무지게 쥐면서 생무지 티를 안 내고 지금까지 학급회의를 끌고 온 배짱으로 밀고 나가려는데 목소리는 내 맘을 안 알아주고 모기 목소리이고 다리는 후들댔지만 얼른 다짜고짜로 아다지오 포르테로, "경자 언니의 칭찬 말씀 들어볼까요?"라고 하여 주의를 기울이게 한 다음 모데라토로 방송국에 나갈 때 연습한 이런저런 억양을 써서 사면초가에서 벗어났다. 강당 무대에 올랐는지조차도 가물가물, 그때 무슨 말을 했는지는 기억해낼 수 없었다. 그 소용돌이 속에서도 단 한 가지 생각나는 것은 "된다나요?"를 맞든 안 맞든 어쨌든 써먹었다는 것이다. 그 뒤로는 어디서 들려오는 초나라 노래에도 덤벼볼 떡심이 생기고 많은 사람 앞에서 연설하는 것도 도살장으로 들어가는 일은 아니었다.

원기소도 안 먹었지만 우리 집 장맛이 좋아서인지, 특별히 고소한 참기름 맛인지, 키는 무턱대고 자라 사내 녀석들한테도 질일이 없다고 장담치고 있는데, 오빠 친구가 여자가 너무 크면 징그러워서 아무도 안 데리고 간다고 했다. 안 데리고 가면 엄마랑 살지, 안 데리고 가면 미국 '미'로 미국 사람한테 시집 가지 하다가도 신체검사 때는 키를 줄이려고 꾸부정 허리 작전을 썼다. 거기에 맞추어 엄마는 늘 허리 펴라 하시고. 우리 반에서 3번인 명순이하고 친해져 꺽다리 짱뚱이패라고 불리었다. 명순이는 요안나처럼 계산을 잽싸게 해내고 말이 별로 없는데 몸 전체가 작고 야들야들해서 자주 아픈 게 탈이었다.

우리 집 담장 찔레꽃이 머물기 시작한 6월 초, 이웃집 목사와 엘렌이 서울로 이사를 갔다. 그동안 정이 많이 들고 춘부장, 순사네처럼 우리 골목의 한 식구가 되었는데 떠난다니 엄마는 무척 섭섭해하셨다. 서울에 오빠도 있고 아버지도 출장 가시니 자주 만나며 살자고 했지만 어려운 헤어짐이었다. 미국 부부가 떠날 때 우리는 이것저것 친구 사이의 값으로 물려받았는데, 그 중 '지-이-'[152]냉장고는 우리 집을 현대 생활의 문턱 안으로 밀어 넣어준 큰 선물 같았다. 손님이 오면 얼음공장으로 뛸 필요도 없고, 정육점에도 국거리 감 사러 끼니마다 가지 않아도 되고, 학교 갔다 오면 시원한 얼음물도 마실 수 있게 된 것이다. 친구들도 냉장고 구경하러 왔다가 차디찬 찬물을 시원하게 꿀꺽 마시고 얼음을 뿌드득 뿌드득 깨먹었다. 요안나는 물고구마보다 밤고구마를 좋아했는데 삶은 밤고구마도 차면 더 맛있다고 해서 고구마 삶으면 몇 개 골라 꼭 냉장고에 넣어두었다.

여름방학이 시작된 후 며칠이 지나도 요안나가 오지 않아 삶아 논 고구마도 삐쩍 말라붙어 가는 날 어둑어둑해질 때 요안나가 들렸다. 그동안 아파서 누워있던 아버지가 2주일 전에 돌아가셨다고 했다. 우리는 서로 별 말도 없이 연못 옆에 앉아 있다가 밥 때 온 사람은 그냥 보내면 안 된다는 엄마 법칙에 따라 같이 저녁을 먹었다. 요안나는 밥도 잘 못 먹고 훌쩍이면서 여수로 이사 갈 거라고 말했다. 우리는 영원한 친구 약속도 했는데, 날 두고 멀리 가는 친구가 야속했다. 이제는 토끼풀 뜯으러 가는 일도 없겠다. 혼자서 외롭게 갈 길은 아니니까. 그 뒤로 더 한 번 잠깐 들리고는 요안나는 떠나갔다. 난 《프랑다스의 개》도 싸주고 좋은 중학교에 같이 들어가서 또 만나자고 했다. 루벤스 그림도 찾으면 붙여줄 테니 꼭 편지하라고 주소를 적은 봉투도 주었다.

요안나는 돌처럼 딱딱한 빨랫비누를 깎아 기도하는 두 손을 파낸 조각을 나에게 주었다. 빨랫비누를 오묘하게 나무 깎아내듯 깎아냈는데 서로 다시 만날 날을 기도하며 기다리자고 했다. 한여름이 다 가고 나무들이 다시 옷을 벗을 때도 첫눈이 내릴 때도 요안나 소식은 오지 않았다. 난 매일 빨랫비누의 두 손을 보면서 요안나가 잘 있기를 바랬다. 만화경 아저씨가 와도 밖으로 뛰쳐나가지 않았고 '주판'을 이기려고 하던 속셈 연습도 별 재미가 없어졌다.

엄마는 사람은 헤어져야 다시 만날 수 있다고 하셨지만 난 안 헤어지고 다시 만날 일 없이 그냥 같이 있는 게 더 좋을 것 같았다. 안경 낀 혜영이가 요안나를 대신해주었다. 요안나는 웃으면 볼우물이었는데 혜영이는 웃으면 이빨보다 잇몸이 앞장섰고, 대령인 아버지를 따라 서울 근처에서 살았었다고 서울말을 해서 처음부터 애들한테 핍박을 받았다. 서울말로 잘난 척 한다고. 우리 아버지도 딴 고을에서 온 사람이라 나는 그게 무슨 흠이냐며 혜영이를 감쌌다. 떨거지들이 떨거지 행세를 하는 것이었다. 혜영이 아버지는 대령이니까 총 잘 쏘는 높은 군인이라는 뜻인데 '상이'가 아니라 다행이었다.

여름방학이 두어 주일 남을 무렵 이모 따라 또 한 번 서울에 갔다. 나는 구경보다는 서울로 전근 가신 4학년 때 담임선생님을 다시 뵙고 싶은 욕심이 더 컸다. 선생님이 사시는 데는 시내가 아니고 골짜기 골짜기를 뒤져 겨우 찾아낸 서울도 아닌 시골동네 같았다. 하도 많이 물어서 간 길이라 들고 간 수박 덩어리도 지쳐버린 듯했는데 문을 두드리고 혹시 "여기가…." 하는데, 선생님이 안에서 날 보고 반가워 난닝구[153] 바람으로 뛰쳐나오셨다. 선생님이 마지막으로 내 일기에 적어주신 말은 "썼던 일기는 잘 보존합시다. 앞으로 훌륭한 사람이 되어 펴보면 좋은 기념과 추억을 얻을 것입니다. 또 일기는 그 사람이 지나온 전기문이 되니까요."였다. 그래서 난 계속 일기를 쓰고 있다. 엄마 말처럼 사람은 다시 만나려고 헤어지나 보다.

콩쿠르와 할머니의 아름다움

피아노 선생님이 으름장을 놓으신 대로 콩쿠르 준비에 피아노하고 보내는 시간이 길어졌는데 이제는 우리 집에도 피아노가 있어 연습하러 매일 피아노 선생님 집에 안 가도 되는 건 다행이지만 요안나도 없으니 오히려 잘된 일이라 생각했다. 집에서는 잘 굴러가는 손가락도 선생님 앞에서는 언제 연습했나는 듯이 엉망이 되니 콩쿠르에 나가 여러 사람 앞에서 치려면 심장이 강철로 변해야 될 것 같았다. 그래, 쇳덩이로 된 심장이면 요안나가 떠나가도, 이윤복이가 동생하고 끙끙거려도, 네로가 파트라슈하고 얼어 죽어도 눈물이 안 흘러내리고 눈물의 저수지가 터지는 일도 없으니 차라리 좋았겠다. 그런 강철 가슴에서는 하늘의 선율, 모차르트 소나타가 안 나올 것이라.

왼손이 더 벌려지게 책상 귀퉁이에 엄지와 둘째손가락을 걸고 미는 운동도 하고 대목 대목 번호를 적어 어떤 번호에서 시작하드라도 외워서 칠 수 있게 연습을 했다. 선생님이 떠나간 친구를 생각하며 치라고 하시면서 쇼팽의 단조곡 왈츠 9번을 주셨다. 내

깐에는 칠만큼 친다고 생각했는데 현해탄 건너편의 미희가 들고 나온 발트슈타인[154]을 당해낼 수는 없었다. 다들 발트슈타인, 발트슈타인 외쳐댔는데, 난 그게 도대체 무슨 말인지 알아듣지 못하고 꽝꽝대는 힘과 맘을 도려내는 듯한 리듬에 정신이 홀렸을 뿐이다. 쇼팡 왈츠 9번이 '이별의 왈츠'라고 불린다는 것을 들은 후로는 늘 요안나를 생각하면서 쳤지만, 발트슈타인에는 별로 힘을 못 쓰고 흐지부지 트로피도 없는 참가상 하나로 콩쿠르는 끝났다.

콩쿠르가 준 선물은 트로피가 아니라 작곡가들에 대한 호기심이었다. 발트슈타인에 대해서도 자세히 배우고 거의 20년에 걸쳐 귀머거리가 되어 침묵의 세계에서 음악을 창조한 얄궂은 운명에서도 피아노 소나타를 32곡이나 남기고 간 베토벤과 모든 작곡을 피아노를 위해 바친 쇼팡의 짧은 삶에 대해서도 배우게 되었다. 이제는 무턱대고 새 곡 받기만 기다릴 게 아니라 무슨 곡을 어떻게 쳐야 될까에 더 신경을 쓰게 되었다. 그래도 이제는 피아노 레슨 가면 뒷방 피아노로 달려갔다.

지금까지는 아름다운 멜로디가 음악의 목적이라고 생각했는데 발트슈타인 소나타가 리듬과, 힘과, 화음의 진전이 주는 마력에 대한 새로운 이해가 시작되었다. 그러면서도 소나타든 교향악이든 대개는 조용하고 천천히 진행되는 2악장은 꼭 빠트리지 않고 듣게 되었다. 베토벤 판은 오빠한테 닥치는 대로 사다 달라고 했는데 피아노 비창 소나타도 2악장이 좋았고, 교향악 7번 2악장이 없는 세상은 상상할 수 없게 되도록 베토벤에 미친 사람이 된 듯했다. 우리 할아버지처럼 쇼팽은 펫병으로 죽었는데, 피아노곡의 여러 종류도 배우기 시작하여 월츠, 마주르카, 포로네즈, 녹턴이 어떤 건지도 알게 되었다.

화음에 대해 더 배우고 싶어 합창단에 스케일 시험을 보고 들어갔다. 선생님은 여러 사람이 같이 불러도 조금만 박자나 음정이 틀리면 귀신처럼 찝어내서 무색을 주셨다. 피아노 집에서 굴러다니다 반은 없어지고 너덜너덜해진 《학생애창곡집》을 보며 혼자 '가고파' '그 집 앞' '동무 생각' '그네' '선구자' 나 '김대현의 자장가'는 말할 것 없고 외국 노래, '로렐라이' '꿈길에서' '들장미' 같은 맘에 드는 노래를 골라 섣부른 솜씨로 흥얼거려 봤는데 특히 이은상이 쓰고 박태준이 곡을 붙인 '동무 생각'은 다음 '봄의 교향악이 울려 퍼지기' 전에 요안나한테서 소식 오기를 더 기다리게 했다.

그 노래를 혜영한테도 가르쳐줬는데 '나는 흰 나리꽃 향내 맡으며'를 '흰 나리꽃 냄새 맡으며'라고 불러 한바탕 오랜만에 같이 웃었다. 오빠가 읽다 던져놓고 간 미국 흑인 여자 성악가 마리앤 앤더슨의 일생도 읽었는데, 이해할 수 없는 구절이 많아 실망스러웠다. 목소리를 부드럽게 해준다고 하여 생달걀 노른자도 비린내 나는 것도 참고 후르륵 둘러 마셨지만 독창 몫은 영미 앞으로

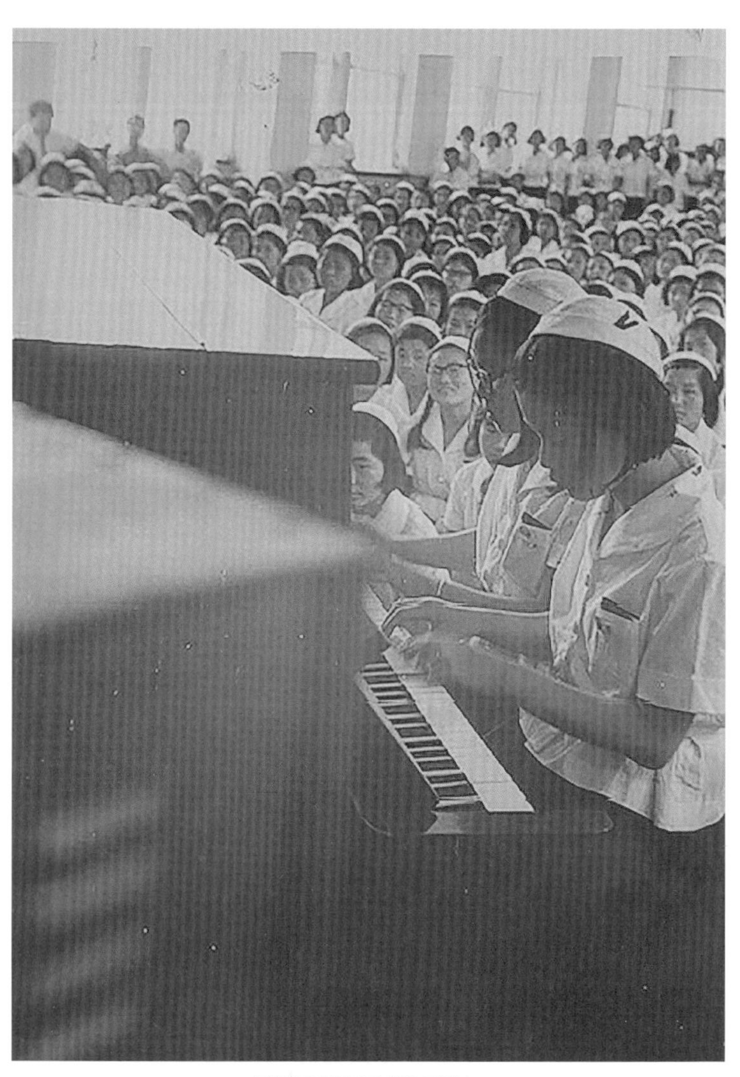

중학교까지 따라온 피아노

떨어지고 나는 합창대회에서 "춤춘다 춤을 춘다 서반아의 아가
씨"를 부른 노래쟁이 떼의 한 목소리로 그쳤다. 피아노도 그렇고
노래도 그만그만, 징검돌이나 되지 주춧돌은 못되나 보다고 속으
로 넋두리를 하다가도 여러 사람 목소리가 더해져 모나지 않는
화음을 만드는 것이 목소리 하나보다 더 뜻이 있다고 내 마음을
달래보았다.

내가 피아노와 노래에 마음을 쓰는 동안 요안나는 침묵을 지켰
다. 주소 적은 봉투까지 줬는데 나를 잊어가고 있나 생각하다가
도 우리는 영원한 친구라는 약속도 하고 좋은 중학교에서 다시
만나기로 했으니까 걱정 없다고 내 맘을 안심시켰다. 우리 집 토
끼가 담 넘어 들어온 옆집 고양이한테 물려 죽어 뒤뜰에서 장사
를 지내고 묻었다. 토끼하고 쥐도 구별 못하는 멍청이 고양이라
고 욕을 퍼부어주고 싶었지만 또 한편으로는 요안나 없이 혼자
토끼풀 뜯으러 가지 않아도 되니 참을 수 있는 일이었다.

안경잽이 혜영이는 요안나처럼 그림 그리는 것을 좋아했다. 날
더러 움직이지 말고 앉아 있으라고 하면서 내 얼굴을 연필로 삭
삭 그려냈다. 혜영이는 화가도 많이 알아 라파엘의 마돈나 그림
을 좋아하고 무슨 프랑스 화가 '코로'라는 사람이 그린 나무가 맘
에 든다고 했다. 루벤스의 그림도 본 적이 있냐고 물었더니 그 화
가는 모른다고 했다. 혜영이는 화가에 대해서, 나는 작곡가에 대
해서 서로 가르쳐주기로 하고 고무줄 놀이나 실뜨기 놀이보다는

국민학교 졸업하는 날

둘이 오랫동안 이야기하면서 시간을 보냈다. 짱뚱이는 산수 공부
하면서 삼각형 각도 계산하고 복잡한 셈 푸는 데 딱 좋은 친구였
다. 이래저래 요안나의 몫을 반은 혜영이가 반은 명순이가 되어
가는 게 미안하면서도 편지 기다리는 데 지쳐 그냥 그대로 하루
하루를 보내기로 했다. 그러면서도 요안나의 침묵이 늘 가슴을
짓누르는 것 같았다.

4학년 담임선생님도, 엘렌과 목사님도, 요안나도, 우리 토끼도
떠나간 해가 지나가면서 새해 달력이 모이기 시작했다. 난 제일
먼저 제약회사 달력에 루벤스 그림이 나왔나부터 훑었다. 11월

의 그림에 할머니가 촛불을 들고 어린 소년과 있는 밤의 장면을 그린 루벤스 작품[155]이 있었다. 오빠에게 달력을 가져가더라도 그 그림은 12월 초부터는 내 것이라고 선언했다. 그 전에는 요안나 한테서 편지가 올 것이다. 혜영이에게도 그림을 보여주면서 이제 는 우리 둘 다 루벤스가 누구인지 알게 되었다고 했다. 혜영이는 할머니가 너무 아름답다고 했다. 나에게는 이마와 입 주변이 굵 직굵직한 주름으로 골이 패지고 촛불에 반짝이는 눈동자가 오히 려 무거운 신비감을 주는 얼굴 같은데….

“어떻게 할머니가 예쁘다냐? 늙어서 주름이 많잖냐?”

“그러니까 아름다운거지.”

“그게 무슨 소리대?”

“나무 나이테 몰라? 나이가 먹을수록 아름답게 번져가잖아.”

“그럼 왜 다들 피어리스 화장품 바르고 젊어지려 한다냐?”

“너의 외할머니도 피어리스냐?

“아니. 우리 외할머니 안 발라도 예쁘셔야.”

“거봐. 내 말이 맞지.”

혜영이는 사람 맘의 아름다움은 속에서 나온다는 어려운 말을 하면서 저는 장미꽃도 꽃잎이 다 떨어지고 나서 꽃 속의 씨앗이 덜렁덜렁 보일 때까지도 아름답다고 했다.

　6학년으로 올라가면서는 입시지옥이라는 말을 식상하도록 들었다. 살아 있는데도 지옥이 있다는 건데, 난 요안나와 제일 좋은 중학교에서 다시 만나기로 했으니까 지옥이더라도 열심히 공부하기로 맘 먹고 6학년을 맞이했다. 1년 후에는 골덴 텍스 교복을 입고 크로바 가방을 든 어엿한 중학생이 될 것이다. 그때는 요안나랑 다시 같이 '전원 교향악'을 휘파람으로 불면서 언덕에 올라서게 될 것이다.

베를린
2024년 봄

맺음말

특별한 야심 없이 3년간의 이야기를 조용하게 써보고자 했다. 프랑스 작가 마르셀 푸르스트는 잃어버린 시간을 찾아내고자 책을 일곱 권이나 썼지만, 난 그때가 잃어버린 시간이 아니고 늘 마음에 살아 있어서 그 시간을 찾아내려는 특별한 작전이 필요하지 않았다.

짧은 글이지만 우리나라 말의 아름다움을 다시 느낄 수 있는 기회였다. 말은 살아 있는 생명체라고 한다. 외국말이 숨어들어 오기도 하고 그러다가 또 사라지기도 하는 것이다. 그 당시에는 일본말의 영향이 컸고 다른 나라 말도 일본을 통해 들어와 국적 없는 발음으로 변하는 경우도 많았던 것 같다. 지금은 영어의 시대라고 할까? 어떤 말은 분명히 영어 같은데 워낙 '토착화'되어 뜻을 몰라 당황할 때도 많다. 지방마다 다른 억양이나 사투리는 그 나라의 풍요한 문화의 표현이라 생각한다. 우리 집에서도 사투리를 썼었다. 아버지의 경상도 말, 엄마와 주위에서 늘 듣던 전라도 말은 지금도 구수하고 따뜻하게 느껴진다. 그때 썼던 말 그대로 남기고 억지로 지금의 표현으로 바꾸지 않은 이유는 그냥 '그때'의 이야기이기 때문이다.

받침법이나 띄어쓰기도 내가 한국 떠난 후로 조금씩 변해 와서 어색하고 어긋난 부분도 많았으리라 믿는다. 많은 시간을 내어 정성껏 교정과 편집을 맡아주신 분들께 감사드린다. 특히 기억나는 대로, 어쩔 때는 기억과 환상의 길목에서 손 가는 대로 써본 글을 자세히 탐색하여 주(註)를 달아주신 데에 다시 한번 감사드린다. 그 결과 많이 다시 배울 수 있는 기대하지 않았던 기회를 가질 수 있었다.

미국의 작가 토마스 울프(Thomas Wolfe)가 그의 명작, 《그대는 다시 고향에 돌아가지 못하리(You can't go home again)》에서 써냈듯이 우리는 옛집으로 돌아갈 수는 없지만 그때에 얽혔던 정은 남아 몸에 와닿는 것이다. 오랫동안 외국에서 일한다는 핑계로 소홀히 했던 친구들 - 귀란, 신자, 혜숙, 승복이, 그리고 자매들과 오빠가 초본을 기꺼이 읽고 격려해준 것도 나로서는 고귀한 선물이었다. 가족과 친구들은 지금도 나에게 닿이며 나를 늘 이끌어주시던 부모님과 선생님들을 다시 생각해 본다.

우리 6남매

1 지금의 초등학교.
2 조금 얇고 가벼운 느낌을 주는, 주로 꽃잎, 구름이나 옷의 가볍고 하늘하늘함을 표현한 말.
3 '차(車)'의 일본어 발음으로 '수레'라는 뜻.
4 일본말 '아메다마(飴玉)'로 우리말은 눈깔사탕.
5 김경언(1929~1996)이 지은 명랑 만화책.
6 함지박. 큰 대야를 뜻하며 일본말 다라이에서 유래된 것으로 추정된다.
7 '바지락'의 전라도 지역어.
8 팥 아이스케키. '앙코'는 팥의 일본어.
9 '녹다'의 사동사이며 규범 표기는 '녹이다'이다. 전남 지역에서 '녹히다'라고 발음한다.
10 바퀴가 2개인 작은 손수레. 영어에는 없는 'rear car'가 일본의 영향으로 변질된 것으로 추정된다.
11 '복숭아'의 전라도 지역어.
12 조그마한 가게인 '점방'의 전라도를 포함한 일부 지역어.
13 '조기'의 전라도 지역어.
14 굴.
15 '댁(宅)'의 전라도 지역 경음화 현상.
16 센: 조선시대에 생원과에 합격한 사람으로, 표준어는 생원.
17 '넌지시'의 옛말로 지금은 사용하지 않는다.
18 '거스름돈'의 옛 말.
19 1988년에 상추가 표준어로 결정되었다.
20 '가지'의 전라도 지역어.
21 '장수'의 전라도 지역어.
22 '무'의 전라도와 경상도 지역어.
23 일본에서 유래한 놀이로 팥, 콩이나 모래를 넣어 만든 헝겊 주머니를 던지면서 상대방을 맞추는 놀이.
24 땅따먹기 놀이. 선을 긋기 쉬운 판판한 땅에 직경 1~2센치 정도의 납작한 작은 돌이 필요하다. 엄지와 가운뎃손가락을 펴 콤파스로 원을 그리듯 각자 자기 본부영역을 그려 확보한다. 돌을 네 번 튀겨 자신의 본부영역으로 돌아와야 하는데 돌이 지나간 자

리를 선으로 그어 자기 땅으로 만든다. 따먹을 땅이 없을 때까지 계속하여 가장 땅이 많은 쪽이 이기는데 여러 가지 규칙이 있어 종종 시비가 일어나는 놀이다.

25　결혼식 때 꽃뿌리[花童]라고 불리는 아이들이 신랑신부의 앞날을 축하해주기 위해 꽃을 뿌리며 꽃길을 열어주는데 그 당시에는 색종이 조각을 바구니에 담아 뿌렸었다.

26　'주워들다'의 전라도 지역어.

27　'그런데'의 전라도 지역어.

28　'꽤 늙어 보인다'는 뜻으로 표준어는 늙수그레하다.

29　'팬티'의 일본식 발음.

30　'여편네'의 전라도 지역어.

31　부풀리기, 폼 재기 등의 의미로 사용하는 일본어 표현으로 여기서는 머리를 부풀려 풍성하게 보이게 한다는 뜻이다.

32　과(過)하다. 정도가 지나치다.

33　스테인리스.

34　'너희'의 전라도 지역어.

35　'괜히'의 전라도 지역어.

36　실핀, 바비핀.

37　'촌스러운'의 전라도와 경상도 지역어.

38　대개는 면직물로 골미지게 짠 옷감. 영어 Corduroy에서 유래하여 일본의 영향으로 '고루뗑'이라 불리다가 점차 '골덴'으로 바뀌어졌다.

39　바늘, 실, 골무, 가위, 자, 헝겊 따위의 바느질 도구를 담는 그릇.

40　'비닐'의 일본식 발음.

41　'머플러'의 일본식 발음.

42　면사나 모사로 신축성 있게 촘촘히 짠 천, 또는 그런 천으로 만든 속옷 종류.

43　'가랑이'의 전라도 지역어.

44　전남 광주시 충장로 1가에 있었던 의류 잡화점의 명칭.

45　나일론.

46　'여우'의 전라도, 경상도를 포함한 일부 지역어.

47　군고구마의 일본어, 구워내는 방법이나 크기가 지금과 다르다.

48　'상당히', '상당하다'의 전라도 지역어.

49　송민도가 부른 가요 '내일이면 늦으리'(1960)의 첫 소절.

50　송민도가 부른 가요 '청춘목장'(1957)의 첫 소절.

51　송민도가 부른 가요 '청춘목장'(1957)의 후렴.

52　비틀스(the Beatles)가 부른 1963년도의 '너의 손을 잡고싶어(I want to hold your hand)'.

53 베토벤 교향곡 6번, F장조, 작품 68.

54 '장대비'의 순 우리말.

55 일본 가옥에 있는 미닫이의 수납장.

56 송민도/안다성의 가요, 1956년.

57 '질경이'의 전라도, 경상도 지역어.

58 동요, '구슬비'.

59 '끼니'의 전라도 지역어.

60 '귀뚜라미 우는 밤', 강소천 작시, 원곡은 'The Blue Bells of Scotland'.

61 의사 까불이가 발명한 주사약. 흉터를 감쪽같이 없앤다.

62 의사 까불이의 발명품. 도마뱀이 악어로, 고양이가 호랑이로 되는 체형변형약.

63 결핵.

64 '벌거벗다'의 전라도 지역어.

65 때를 불린다는 뜻.

66 싱건지. '동치미'와 동의어. 싱거운 지라는 데서 유래했다.

67 '못나다'의 전라도 지역어.

68 '귀지'의 전라도 지역어.

69 '부추'의 전라도를 포함한 일부의 지역어.

70 '거치적거리다'의 경상도 지역어.

71 '새끼손가락'의 전라도 지역어.

72 '팥'의 전라도와 경상도 지역어.

73 팥병에 쥐 들락거리듯: 엄마가 자주 쓰신 표현으로 먹을 것이 있는 곳으로 참지 못하고 자꾸 들락거린다는 뜻이다.

74 섬나라 근성. 일본을 비유. 島國根性.

75 일본어로 싸움이라는 뜻인데, 어린이들의 돌차기 놀이를 그렇게 불렀다.

76 '조붓하다'의 전라도 지역어이며, 조금 좁다는 뜻.

77 생김새가 멋이 없고 투박하다. 색채가 바특하여 묽지 않다.

78 '도가지, 독'의 전라도 지역어.

79 '소꿉놀이'의 전라도 지역어.

80 '꽈리'의 전라도 지역어.

81 '거즈'의 일본식 발음.

82 재봉틀의 일부지역 지역어.

83 새롭고 산뜻한.

84 Edouard Manet의 '피리 부는 소년'

85 표지.

86 '가엾다'의 전라도 지역어.

87 '봉지'의 전라도를 포함한 일부의 지역어.

88 '박서방'(1960), 강대진 감독.

89 이윤복의 실화를 바탕으로 1965년에 제작된 영화.

90 스페인의 소녀 배우이자 가수. 1960년의 스페인 영화 'Un Rayo de Luz'의 주인공. 우리나라에서는 '길은 멀어도 마음만은'이라고 번역되었다.

91 마리솔이 부른 노래. '달려라 꼬마 신사(corre corre caballito)'

92 캐스터네츠.

93 1955년 미국 가수 에디 알버트(Eddie Albert)의 원곡, 'Come, Pretty Little Girl'을 1957년 앙드레 끌라보(Andre Claveau)가 '아빠와 함께 춤을(Viens valser avec papa)'으로 다시 불러 세계적으로 크게 인기를 얻은 노래.

94 가늘고 약한 사물이나 사람.

95 '안 했는데'의 전라도 지역어.

96 창덕궁 후원을 일본인들이 붙인 이름.

97 원래 네덜란드어에서 유래한 일본어.

98 일본인들이 창경궁을 없애고 공원화하면서 붙인 이름. 1983년 동물원이 서울대공원으로 이관되면서 다시 창경궁으로 불리게 됨.

99 제1한강교: 한국전쟁 발발 사흘째인 1950년 6월 27일 국군이 후퇴하면서 아치 구간의 일부가 폭파돼 피란 행렬이 차단되었다. 1958년 5월에 복구가 완료되었으며, 1984년 한강대교로 개칭되었다.

100 민소매의 일본어.

101 일본어로 상자나 궤짝을 의미하는 하꼬에서 유래하여 상자만한 작은 집이라는 뜻이다.

102 텔레비전. TV.

103 전기.

104 단전(斷電)을 뜻함.

105 측후소.

106 '가부좌하다'의 전라도 지역어.

107 추석이 되기 전에 덜 영근 쌀을 쪄서 말린 쌀.

108 이마에 내 천자를 쓰다 : 한자 천(川) 자(字)를 이마에 그리듯 얼굴을 찌푸리다.

109 '먹고'의 전라도, 경상도 지역어.

110 "왜 이리 싸우니?"의 경상도 어투.

111 '이제'의 전라도, 경상도 지역어.

112 '밥알'의 전라도 지역어.

113 '함빡'의 전라도 지역어.

114 '다리미'의 경상도와 전라도를 포함한 일부 지역어.

115 '아끼다'의 전라도와 경상도를 포함한 일부 지역어.

116 지퍼의 다른 말로 지금은 사용하지 않는다.

117 실 자국이 보이지 않게 속으로 하는 바느질로 밖으로 바느질 자국이 드러나지 않기 때문에 치마 단을 접어 넣을 때 유용하다.

118 '물커지다(물크러지다)'의 전라도 지역어.

119 그 당시 인기 있었던 청량음료로 칠성사이다, 스페시콜라를 함께 선전했던 광고 노래도 유명했다.

120 짜그라져 못쓰게 된 사람이나 물건.

121 '아무튼, 하여튼'의 경상도 지역어.

122 '굴렁쇠'의 전라도 지역어. 어린이들의 장난감으로 쇠붙이나 대나무 등으로 만든 둥근 테로서, 굴렁대로 굴리면서 논다.

123 잣대. 대나무자로 체벌하는 경우가 있었다.

124 법적으로 1982년에 제정되었다. 1958년에 강경여자중고등학교에서 적십자 활동의 일환으로 시작된 것에서 그 유래를 찾을 수 있다.

125 '달음박질'의 전라도 지역어.

126 굉장하다.

127 '숨이 밭다'는 숨 쉬는 간격이 짧다는 뜻이다.

128 행동이 느린 사람을 뜻하는 전라도 지역어.

129 '물레', 김억 작시/김순애 작곡, 이종록 작곡.

130 '자르다'의 전라도를 포함한 일부의 지역어.

131 원제는 'The boy who ran away'. 누가복음 15:11~32의 '탕자의 비유'를 어린이들이 알아들을 수 있도록 쉽게 꾸며낸 책.

132 크림빵.

133 단팥빵.

134 '살짝'의 전라도 지역어.

135 당시에는 일반적으로 수도가 집집마다 없었고, 수도가 있는 집도 제한 급수가 빈번했다.

136 요란하지 않으면서 악의 없이 하는 장난.

137 '터팔다'는 전라도 지역어로 동생이 생긴다는 뜻. 터를 잘 팔면 남동생을 본다고 했다.

138 미국 General Foods의 제품 Tang 오렌지 분말주스.

139 '마법의 병(魔法瓶)'의 일본어로 보온병을 뜻한다.

140 광주 충장로에 있었던 포목점.

141 '생과자'의 일본어.

142 일본인 '이마무라(今村)'가 들여온 배. '나주배'라고 하는 품종. 뒤에 '신고배', '아리랑

배'라고도 하였다.

143 출산을 알리기도 하고 아이에게 부정이 안 미치도록 문에 거는 줄. 지역마다 다르나 일반적으로 아들인 경우에는 솔가지, 숯, 붉은 고추를 새끼줄에 끼우고 딸인 경우는 솔가지, 숯, 종이를 끼워 문에 건다.

144 All Night. 크리스마스 전야에 애들이 모여 하룻밤 새는 일. 이 시기에는 크리스마스와 신년 정월 초하루만 통금이 해제되었다.

145 1963년에 발표된 남일해의 '빨간 구두 아가씨'의 첫 소절.

146 '궁상떨다'의 전라도 지역어.

147 '써무리하다'는 말은 소름끼치고 오슬오슬할 때 쓴 말로 당시 우리 집에서만 사용한 것 같다.

148 1959년도 일본의 만화 영화. 우리나라에는 미국판 '매직보이(Magic Boy)'가 수입되어 상영되었다.

149 벨기에 안트베르펜(Antwerpen, Belgium) 대성당의 성화.

150 오스카 와일드의 1888년 작 동화, 《행복한 왕자(Happy Prince)》의 일부분으로 감동적인 제비와 왕자의 이야기.

151 '맹호부대가'. 1966년 유호 작사, 이희목 작곡.

152 GE: General Electric.

153 런닝셔츠, 하얀 속옷.

154 베토벤 피아노 소나타 21번.

155 '촛불을 든 소년과 노인(Old Woman and Boy with Candle)', 헤이그 마우리츠하위스 왕립미술관(The Mauritshuis, the Hague).